开学第一课

依据国家教育部和中央电视台
联合主办的《开学第一课》活动
"我的梦，中国梦"主题拓展原创版

梦想穿越地平线

中央电视台《开学第一课》编写组 编

时代文艺出版社

图书在版编目（CIP）数据

梦想穿越地平线 / 中央电视台《开学第一课》编写组编.—2版.
—长春：时代文艺出版社，2016.1（2021.3重印）
（开学第一课）
ISBN 978-7-5387-4918-2

Ⅰ.①梦… Ⅱ.①中… Ⅲ.①中国文学—当代文学—作品综合集 Ⅳ.①I217.1

中国版本图书馆CIP数据核字〔2015〕第257161号

出 品 人　陈　琛
责任编辑　刘珺婷
助理编辑　史　航
装帧设计　孙　利
排版制作　隋淑凤

梦想穿越地平线

中央电视台《开学第一课》编写组 编

出版发行 / 时代文艺出版社
地址 / 长春市福祉大路5788号　龙腾国际大厦A座15层　邮编 / 130118
总编办 / 0431-81629751　发行部 / 0431-81629755
官方微博 / weibo.com / tlapress　天猫旗舰店 / sdwycbsgf.tmall.com
印刷 / 三河市嵩川印刷有限公司
开本 / 710mm×1000mm　1 / 16　字数 / 120千字　印张 / 12
版次 / 2016年1月第2版　印次 / 2021年3月第2次印刷　定价 / 36.00元

图书如有印装错误　请寄回印厂调换

《开学第一课》编委会

《开学第一课》的价值

有人问我，《开学第一课》的价值体现在什么地方？我认为最重要的就是全社会希望并通过我们传递出来的价值观。多元是时代进步的标志，我们尊重不同的声音和价值理念，但是作为教育部和中央电视台联手举办的一项公益活动，我们要传递的是主流的、与时俱进又符合中华文明传统的价值观。

在2008年，我们通过《开学第一课》传递了抗震精神和奥运精神；2009年正值新中国60周年华诞，我们在象征着民族精神的长城，为孩子们播撒下爱的种子；2010年，我们告诉孩子们，一个拥有梦想的民族，一个不断仰望星空的民族，就是拥有未来的民族，人生的每一个阶段都需要梦想的指引、坚持和探索，而每个人的梦想汇集起来就可能成为国家的梦想、民族的梦想。

举办《开学第一课》三年来，我个人也有一个梦想，我梦想这项目光远大、朝气蓬勃的公益活动能够坚持举办十年，让它给这一代孩子的成长提供正面的、积极向上的力量，这就是《开学第一课》的意义所在。

我希望全社会的力量汇集起来，给孩子们一种价值观的教育，中央电视台愿意承担使命，连同教育部把这项公益活动做好。我们也欢迎全社会各界积极参与、支持，从出版、纸媒、网络、志愿行动、慈善事业等各个方面，加入到这个追逐共同梦想、打造恒久价值的公益活动中来。

由此，我亦十分高兴地看到《开学第一课》系列丛书的出版，我相信时代文艺出版社正是基于我们共同的理想，以出版的力量为孩子们的未来创造了更丰富的阅读食粮，为《开学第一课》的精神理念提供了更多样的传递方式。

中央电视台 许文广

目　录

001

录

第二部分　爱与梦的旅行

003

目录

第四部分 幸福素描本

第五部分 撷半片香柚

005

目

录

第一部分

畅想新世界

　　蝙蝠侠每天不管有多冷，有多热，都必须穿上紧身衣，披上飞行披风。你想啊，夏天的天气多热呀！蝙蝠侠还得在烈日下穿着紧身衣飞来飞去，不热得全身长痱子才怪呢！爸爸也不例外。因此，爸爸白天惩恶扬善，晚上就身着常人的衣服在自家阳台上乘凉。

　　　　　　　　　　　　　　——李礼《爸爸的烦恼》

贝 壳

蔡东澍

暑假的一天，我和爸爸妈妈来到了大海边。蔚蓝的大海在微风的轻抚下，翻卷着白色的浪花，冲刷着金色的沙滩，我光着小脚丫在软软的沙滩上玩耍。突然感到脚下有个硬硬的东西，低头一看，原来是一个美丽的贝壳，以前我可只在电脑里看到过啊！我高兴极了，马上捡了起来，又继续寻找，当落日的余晖撒满大海的时候，我已经满载而归了。

从海边回来后我开始搜集贝壳，并且把它们收藏起来。每到休息的时候，我就摆在桌子上看，它们有白色的，金色的，褐色的，灰色的……上面有不同的花纹，而且形态各异，它们大部分像扇子，有的像旋转的陀螺，有的像花瓣，我最喜欢的那一个像军刀，还有的根本说不清像什么。我每次看到它们就好像又回到了大海边，又听见了海浪声。

一天晚上，我睡觉前把它们又拿出来看，看着看着，我的贝壳变得越来越大，并且它们都飘了起来，我急忙喊："你们别走！"其中一个贝壳竟然发出嗡嗡的声音，和我说起话来："快上来呀！小朋友，我带你去我们贝壳世界去看看。"我不假思索地爬了上去，不一会儿来到了一个新的星球，这里是一个蓝色的世界，所有的物品都是用贝壳做的，建筑物，汽车，高山，玩具……真好玩！这时有一个小朋友走过来对我说："这是我们贝壳王国最新的装饰品，送给你新朋友。"我接过来一看真美，从来没见过。这时有一个贝壳拼装大赛要举行，我马上报了名，并召集我的贝壳开始练习。我们能在5分钟之内变换106种图形，是我们地球各个国家的名胜古迹。比赛开始了，舞台上出现了埃及的金字塔，巴黎凯旋门，古希腊神庙，法国的埃菲尔铁塔……最后我展示的是我们中国的万里长城。台下的观众热烈地鼓掌，站起来为我欢呼，我最后得了冠军！

这时候，我听见闹铃的音乐声。我醒了，原来是一场梦！

红 绿 灯

李文哲

那天，看到我们家门前十字路口的红绿灯终于亮了，我十分高兴，因为我再也不用穿着红色的衣物回家了。

大家可能还不知道，我上学要经过的这个十字路口，来来往往的车辆十分多，而且大多开得十分快，时不时就发生交通事故。

上下学时，妈妈就让我穿红色的衣服。妈妈说，红色比较醒目，容易被司机看见，这样，我就比较安全了。

现在十字路口终于有了红绿灯，我就再也不用害怕这来往的车辆了。

可是，没想到，这只是我的一厢情愿，事实根本不是这样。

这天放学，正当我要过马路时，一辆小轿车飞快地从我身边穿过，我一下子被吓得定在那里，再定定神一看：咦？那个路口不是红灯吗？这辆车怎么能闯过去呢？

这时，又从远处飞奔来几辆车，我本以为它们见到红灯后会停下，可它们几声鸣笛后，都毫不客气地闯过了红灯，我傻傻地站在马路中间，一动不敢动。

回到家后，我心里有一种说不出的滋味：那些司机开车的时候，是不是把眼睛落在了家里？难道他们没有看见红灯吗？难道他们不知道红灯停，绿灯行吗？如果这些司机看见了红灯，还硬是闯过去，那这里安红绿灯，又有什么用呢？

我希望所有的司机，遵守交通规则吧，不要让红绿灯成为摆设！

折叠式房屋

张子豪

电视上说，野外考察队的队员们的居住条件很差。我听后，不禁萌发了一个想法：造一座设备齐全具有现代化装备的折叠式房屋。

但是这座房子用什么材料来做呢？对了，我们可以用柔软结实、有弹性的塑料膜。这种房子的重量非常轻，一个人便能抬起。折叠时，它像一个大皮包。只要一按包上面的电源，皮包就会展开升高，变成10平方米的小屋。

走进卧室，你会看到一个特制的多功能床。躺在床上让你感到柔软舒适，很快就能进入甜蜜的梦乡。睡醒以后，如果你饿了，只要按一下床边的白色按钮，床边一扇小门便会打开，里面有做饭用的一切东西。只需掌握做饭和炒菜的时间，把定时表的时针拨到一定的位置上，时间一到，香喷喷的饭菜就做熟了。

冬天，只要按动床头的红色按钮，就满屋子呈现淡红色，使人感到融融的暖意扑面而来。

夏天，只要按动床头的绿色按钮，室内便会有一种绿色的光射出来，这种光不仅有香味，还能杀菌、降温。这样的环境下，你可以静心地研究问题。

我希望能有一间这样的房屋。所以，我要努力学习，掌握丰富的知识，长大后好去实现梦想，建设美好的祖国。

假如我会克隆

张莹莹

克隆，多么新鲜的词语，当我在书上看到这个词语时，不禁想：要是我会克隆，那该多好啊！

假如我会克隆，我先克隆出一大批树木，将树木栽种在沙漠里。这样的话，树木面积就会不断地扩大，一些沙尘暴危害也不会那么猖狂了。为此，我还会向全国发出倡议，每个星期每个人都要在一片沙漠里至少栽种三棵树。由此下去，在不久的将来，我们的祖国一定会变成美丽的大花园。

假如我会克隆，我会克隆出一批又一批的珍稀动物，让动物们的繁殖有进一步的发展。此外还要给动物最有力的保障。那些附在动物身上的微生物也要有充足的数量。

假如我会克隆，我要克隆时间，将它送给我的家人。因为我常常听到他们说："哎，时光如流水一般，我真的老了，看看莹莹都这么大了，老喽！"我要把时间送给他们，使他们不再悲伤，使他们再回到年轻的时候。

假如我会克隆，我要克隆一对翅膀，让我飞到祖国的大江南北。我要飞往桂林，去看看漓江那静、清、绿的水；去看看桂林的奇、秀、险的山；去看看水平如镜的西湖，去看看峰峦雄伟的泰山；去看看索溪峪的"野"；去看看鸟的天空，老舍笔下的林海，去看看……

假如我会克隆，我要克隆水资源，把它送给世界上缺水的国家。我们都知道，水是生命之源，没有了水，就等于没有了生命，水是宝贵的，我们要珍惜它，否则，最后一滴水将是我们自己的眼泪。

假如我会克隆，我要克隆钱学森的脑细胞和记忆细胞，并广泛应用到小学生身上，那样他们就会自由开启书籍的大门，遨游科学的世界。

005

未来的水果

陶思睿

"丁零零"，电话响了，我急忙去接电话，"喂，是陶思睿女士吗？请您马上给市中心医院送3000斤爱心果，怎么样？"

大家一定很纳闷是什么水果这么畅销，那就让我来细细告诉你！

我是一名农艺学家，我研发的水果树可以同时结出多种类型的水果。就说刚刚那位医生说的爱心果吧，那是专门为刚做完手术的病人而研发的。刚做完手术的人因为体质虚弱需要营养，所以吃了高营养的爱心果，身体就会逐渐好转。还有青春果，如果老年人吃了会变得很有活力，60岁看上去只有40岁。还有一种深受人们喜爱的果子，就是那种闪闪发光的果子，它叫富贵果，只要吃些富贵果，可以好多天不用吃饭，多省钱啊。

还有一种银白色的果子，哈哈，那可是我的最得意之作，只要把它放到下水道或是家里，它就会吸走那些污染元素，它叫清污果。它的体内结构类似一个净化系统，当那些污染元素进入清污果的体内后，净化系统就把这些不好的元素净化成甜的东西，存在体内，过个十天半个月后，只要把污染果取出来，再换一个就可以继续为你服务了。清污果还有一个特殊的用途，那就是它能以毒攻毒，治疗人们身上的上万种疾病，其药用价值也是不可小瞧的啊！

怎么样，我发明的果子够神奇吧？你问这种神奇的水果现在哪里有啊？呵呵，告诉你吧，这只是一种美好的设想，但是我现在就开始努力啦，长大后一定让它们变成现实。

假如我有100万

姜飞

　　"8858"，这是一个小女孩发自内心的呼唤：帮帮我吧！她和我们一样生活在同一片蓝天下，说着同样的语言，有着同样的年龄。可为什么她会发出这样的呼唤呢？只因为她的命运和我们截然不同，她生活在一个黑暗的世界里，她看不到一丝的色彩。她是一个盲童。贫困的家境根本无法让她接受治疗。对于未来，她一片茫然……

　　老天为什么这么无情，把如此的厄运降临在一个小女孩身上。她需要童年的快乐，她向往光明，她渴望能和我们一样背起书包，高高兴兴地走进校园。她需要我们的关心！

　　我多么想帮助她，改变她的命运，让她快乐起来啊！可是，她需要的资金实在是太多了，而我只是一个小孩，我无法满足她的需求。于是，我便有了这样一个幻想：假如我有100万。

　　假如我有100万，那该多好啊！首先，我要带小女孩去把眼睛治好，让她远离黑暗，走向光明，让她看看这美丽的世界，一个和平而又有趣的家园。在这个家园里，天是蓝的，海是绿的，草是青的，人们是善良的，一切都是可爱的。

　　假如我有100万，我要让小女孩走进校园的生活。因为校园的生活是快乐的，幸福的。上课时，老师带着我们走进书的海洋，努力寻找书中的宝藏，任你遨游，任你探索，神秘而又有趣。下课后，和同学们聚在一起快乐地玩耍，有时跳绳，有时踢毽子，有时打球，有时聊天……快乐无比！而当你遇到困难时，同学们一句鼓励的话语，就会让你感到温暖，振作起来，重新扬起心中的帆，去追寻属于自己的梦想。相信在这里，小女孩一定会交到很多好朋友，变得快乐起来。

假如我有100万，我要买好多好多书给小女孩，让她也能拥有读书的乐趣。我还要让小女孩学唱歌，跳舞，弹琴，书法……让她变得多才多艺，不再感到孤单。

其实，像小女孩这样的儿童有很多很多，他们需要我们的关注和关心。希望大家都能伸出援助之手，去帮助他们！"8858"你听到了吗？

漫游月宫

宫振强

今天的作文课真有意思！一上课，老师就放出一张幻灯片。啊，真美！蔚蓝的天空，高速飞行的宇宙飞船，隐约可见的广寒宫，莲花般的云朵漂浮缭绕。接着，老师又打开录音机，从里面飘出一组动听的声音，老师要带领我们漫游月宫啊！

你看，我们坐在"探月号"里，耳边只有呼呼的风声，眼前展现出美丽的景色，我们不知不觉地来到了广寒宫门前，"啊！到了！到了！"我们顿时欢呼起来，刚走下机舱，耳边传来了动人的声音：欢迎！欢迎！我们一看原来是美丽的嫦娥姐姐，我简直不敢相信自己的眼睛，传说中的人物竟真的站在了我们的眼前！

进了广寒宫，嫦娥姐姐端出香甜可口的桂花酒。我喝了一口，呀！香透全身，甜进心里。我又喝了几杯，觉得一点儿也没有醉。忽然，美妙动听的乐曲声响起，打断了我的思绪。我抬头一看，嫦娥姐姐挥动着两条宽大的绸带翩翩起舞，真是美若天仙哪！在舞蹈中可见她对故乡——人间的怀念。

"啊！跳得真好！"我们都发出了惊叹。这时，嫦娥姐姐问起我人间的事情。我绘声绘色地给她讲了我国电子计算机、机器人、人造卫星等科学成果，还告诉她我的理想是当高级公务员。我们聊得很开心，临走前，嫦娥姐姐还高兴地答应明年中秋节到我们地球来做客呢！

下课了，可我还陶醉在奇妙的幻想中。

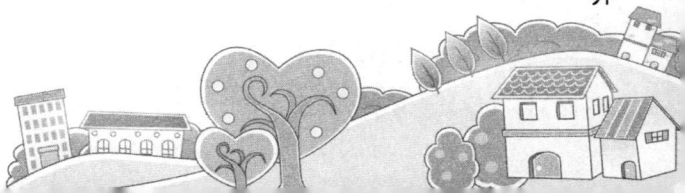

假如我当了科学家

李子龙

假如我当了科学家，我会发明一种10秒钟就热的太阳能热水器，好为人们提供方便。我还会发明一种化雪的机器，以便人们在冬天不容易滑倒。

假如我当了科学家，我会发明一种用齿轮驱动的保姆机器人，为人们照顾孩子和打扫卫生。我还会发明一种用玉米做成的衣服，为大自然保护环境。

假如我当了科学家，我会发明一种报警武器，感应探头埋在地下，如果有敌人进入里面也不必害怕，感应探头传给武器信息，武器会打开开关攻击敌人。好为戍边的将士们减轻负担。

如果我真的当上了科学家，我将努力成为世界上最伟大的科学家，用我的聪明才智为人类造福。

泡泡世界

侯嘉惠

　　早上起来，我去吃饭时发现所有的东西都变成了"泡泡"，泡泡电视，泡泡沙发，泡泡阳台，就连桌上的饭菜都变成泡泡了。

　　我正左右看着这些泡泡时，妈妈叫我吃饭了，我惊讶地看着妈妈，发了好几分钟的呆，就连妈妈身上的衣服都变成了不透明的泡泡。这时，妈妈推了我一下，我才回过神来。吃过了泡泡早餐，我拿起书包就上学去了。在路上我看到了泡泡汽车、泡泡房子等等，不过这些都是在我预料之中的。上课了，我走进了教室，哇，太漂亮了，同学们都穿着五颜六色的泡泡衣服，成了校园的一道风景，好壮观啊！

　　课上到一半我感到很困，打了一个哈欠，没想到吹出了一个像小房子一样的泡泡。我的同桌看到了也学着我吹起了泡泡，结果吹出个大恐龙。班上的同学看到了也都吹了起来，心里想象什么就能吹出什么，真是太奇怪了！就连老师也忍不住吹出了一只可爱的小狗。抬头一看，哇，满教室的泡泡，形状各异，五光十色，真是一堂奇异的泡泡课！

　　这就是我梦想中奇怪的一天……泡泡世界，你们喜欢吗？

011

第一部分　畅想新世界

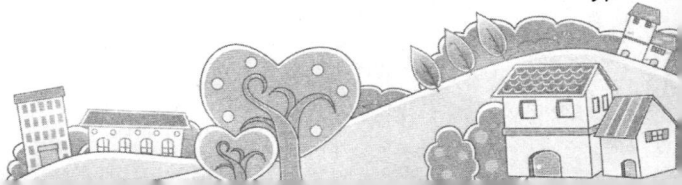

感应围巾

兰雯茜

过生日时，妈妈送给我一条围巾，这个围巾有一个特殊的功能，那就是——感应，只要我一发话说："戴。"它就会像一个小精灵似的围到我的身上。谁见了它都会爱上它的。

这条围巾上面有黑色的格子，每天它就像一个小佣人一样跟随在我的身边。

它不光有感应的功能，它还像一个顽皮的小孩子，在我上课的时候它就在下面捣乱不是把书弄掉，就是整得我痒痒，要不就偷偷溜出去吓人。它可真淘气！就是因为它老师批评了我。我很伤心，它好像也是霜打了的茄子。它见我伤心的样子，也耷拉下了脑袋，好像在说："对不起，小主人，下次我一定不犯错误了。"

它就像是我的朋友甚至亲人一样每天陪着我。我伤心，它也伤心；我高兴，它也快乐，它就是最了解我的"感应围巾"。

我感谢妈妈让我有了一个陪着我、护着我的好朋友。

充气飞船

马子健

我有一只充气式飞船，我特别喜欢它，每当我坐上它，就会联想翩翩，我把它称之为宇宙飞船。

飞船坐垫的内侧居然还有一排彩色的按钮。一按蓝色的按钮，气船就把我带到了月宫。嫦娥姐姐带着她的玉兔向我问好："欢迎你，地球上的小客人。"我和嫦娥姐姐来到她的花园，原来月球上还有这么美的地方。这儿的花啊草啊都是地球上没有的。我求嫦娥姐姐让我把这些漂亮的花草带回地球去。

嫦娥姐姐很悲伤地摇摇头，说："这些美丽的花草本来就来自很久以前的地球，现在的地球环境太差了，不适合它们生长了。"

"难道我们在地球上再也看不到这些漂亮的花草了吗？"我疑惑地问。嫦娥姐姐这时笑着说："这要看你们这些聪明的孩子怎么去做了。"

"现在我们地球人已经有了环保意识。我也一定会做好地球的小卫士。以后的地球就会和月宫的花园一样美。"告别了嫦娥姐姐，按了一下粉红按钮，我坐着飞船又返回了地球。

013

第一部分 畅想新世界

飞

邵钰涵

"I want to fly，我想飞……"听过月亮姐姐唱的这首歌吗？飞！是我童年的梦。

如果我会飞，我要飞到曾经遭遇了震惊世界的大地震的汶川灾区，看看失去亲人和家园的人们现在生活得是否快乐幸福。

如果我会飞，我要飞到天安门前的十里长街，去感受祖国60年华诞还未散尽的豪迈、蓬勃。

如果我会飞，我要飞上宛若蜿蜒巨龙的长城，来领略我国古代劳动人民的聪明才智和鬼斧神工。

如果我会飞，我要把世界上生命力最顽强的植物种子洒给荒无人烟的沙漠，让那里变成一片片广阔的绿洲，使沙尘暴望而却步。

如果我会飞，我要像哈利·波特一样穿越时空，回到侏罗纪时代，寻找恐龙的足迹。

……

我要用科学知识武装自己的双翼，实现美丽的梦想。努力地飞，飞得更高更远，让天空更蓝，河水更清，世界更和平。

假如没有作业

王　晗

假如没有作业？听着是笑话，说着是奇谈。可是今天确确实实要变为现实。是啊！如果学生们真的没有了作业，那么大家都能干什么呢？

有的同学说没有作业就是玩，可玩什么？一起捉迷藏？一起摔跤？可等玩完以后呢？我们又剩下了什么？所以对于玩，我还是有选择的。还有的同学说看书，天哪！书可是有好书有坏书，要是看坏书我看还不如写作业好呢！我个人要大举攻破他"读书"的防线。还有的同学说旅游，可旅游也得有知识啊，如果没有知识，那你只能陪一些树干跳舞，用一些黄叶伴奏，一想到这点，我看还不如在家里睡大觉有意思呢！我认为，一个人要是大脑空空，就是走到天涯海角，最后还是个大脑空空。

对啦，要是能参加时空旅行活动，这事还可以商量。好啦，下面就让我去坐时空列车去时空旅行吧。呜呜……真是的，造车也不造好一点儿，怎么连个天棚都没有啊，不过，空气可真新鲜呀！正抱怨着呢，一抬头，到了，我先去哪儿呢？还是先去动物王国吧。那里的动物可多了，小鸡是庞大的动物，大象却是渺小的动物。哇！那里的动物都是形态各异的。看完了动物，再去饭店吧，可吃什么呀？我自言自语着，因为那里只有一种食物，是一种叫不出名字的菜，在盘子里还张牙舞爪地动呢。好吓人啊！我猛地坐了起来，原来却是南柯一梦。

唉，别继续废话了，我看还是抓紧时间写作业吧，没有作业，那可能吗？

我看见了外星人

武宇航

一天，爸爸妈妈都去上班了，我在家里写作业。突然，一道刺眼的光芒着陆在我家的阳台上。我出于好奇心便上窗台上看看。我看见窗台上有一个不明飞行物，上面有许许多多的小孔，里面发出耀眼的光芒，使人睁不开眼睛。这时，从不明飞行物里走出来一个脑袋非常大、眼睛也非常大的怪物，它嘴巴大大的，身体是绿色的，胳膊长长的，腿还可以自由伸缩，真使我大吃一惊。

外星人说了一些话，可我一句话也听不懂。外星人从口袋拿出星际语言交流机，一按电钮，我就听懂了外星人在说什么。

我问外星人："你来自哪里？"

外星人说："我来自××星球。"

我说："××星球在茫茫的宇宙哪里呀？"

外星人说："××星球距离太阳系有100000亿光年。"

我说："距离太阳系有100000亿光年，你是怎样来的？"

"我驾驶的是我们星球最先进的飞碟，里面有精密的仪器。"

"你来地球干什么啊？"我问道。

外星人说："我来执行任务。因为你们地球人不保护环境，造成大气层越来越薄，沙漠越来越多，绿地和森林越来越少。原来，地球有许多海洋和森林，可现在，地球上海洋和森林太少了。现在，地球的石油太少了，飞机、汽车、火车……都需要石油，可你们的石油已经不够用了。我们把一个小球扔在池塘里就能变成一大片油田。我们星球决定帮助地球把地球环境改善一下。"

外星人说："再见了，我要走了。"我说："一会儿走吧，再多给我讲一些好玩的事情。"外星人说："不了，我还要上海洋沙漠等地区考察拍照。"外星人驾驶着飞碟无声无息地飞走了。

未来的战车

钟 扬

我的梦想是发明一辆多功能环保战车，它是一辆攻无不克的豪华战车，它的车身跟普通的轿车一样，从外表看也就是一辆普普通通的车，没有人稀罕，可里面却非常豪华，像开着一辆战无不胜的坦克，下面就让我来介绍一下我攻无不克的战车吧。

它外表普普通通，可颜色最漂亮，车前是黄色，车盖是蓝色，车后是绿色，中间是蓝绿黄三种颜色。从外表看跟别人与众不同的是这个车有12个轱辘，车身长20米，车高15米，有3层，每层高5米。如果别人来砸车，这时会立刻出现一道光，这道光会把那个人砸车的劲反弹过去，把那个人砸倒。如果那个人把这道光的电源弄断，就会触动防控装置，车盖上就有两把机关枪，360度超级大旋转，接着，战车的四个面分别有2枚导弹，把那个人打晕，打晕之后车上就会下来一个机器清洁战士，喂他吃一粒复活丹，再给他戴上手铐，往警察局打电话，让警察来抓他。

这辆车第一层是操纵室，第二层是休息室，第三层是储存弹药室。战车是水陆空三用汽车，如果你要下水，轱辘就会自动收回，换上12个螺旋桨，比潜水艇都快。如果你不会开船，不用怕，这里还有一个会开船的机器人。如果在水底遇到危险，你可以按一下防控装置，任何一条船都会被你打得仓皇退下。如果你想上天，螺旋桨就收回，车盖上就出现3个机翼，车后会出现一排尾焰，飞得比火箭都快，战车全身都有隐形三角刺，谁碰一下都能被扎出血，如果你是好人，车上的隐形刺会自动消失，并且说"您好"；如果是坏人，车上的隐形刺就会变得锋利100倍，并且吐出网，把坏人抓住，这个战车还不烧汽油呢，只能烧空气，只要有空气，这辆车就能启动。

怎么样，我发明的车不错吧！虽说现在发明不出来，可我相信，祖国以后一定会更强大的，以后一定能发明出来这样的车。

017

第一部分 畅想新世界

食物王国

朱赢

一日，我正在放学回家的路上，突然我眼前出现一道金光，我就昏了过去。等我醒来时，发现自己躺在蛋糕屋里，有一位西瓜头、苹果脸、葡萄眼、番茄鼻子、樱桃嘴、玉米牙、萝卜腿，耳朵是木耳、头发是稻穗、身子是吐司的人正在做饭。我问它，我在哪里，它说我在食物王国，这是它的家，它让我睡一会儿，明天带我出去玩。

第二天清晨，我们坐着馒头车，驶向食物公园，到了那里我第一眼看到的是绿色的苹果山、五彩的饮料湖、黄色的蛋糕云，软糖树上长着薯片叶子、石头是一个个土豆。

晚上，我和它去它奶奶家住。

一进门，我看见它奶奶拿着鱼翅和粉条在织毛衣。这时它爷爷来安排我的房间，我一看，生菜被子、面包枕头。这时，我打开窗子看夜景，发现月亮是香蕉、星星是瓜子仁。我躺在床上欣赏一会儿就睡着了。

唉，只可惜，这是我的幻想，要是这幻想能成真该多好啊！

假如我有一双翅膀

步允执

假如我有一双翅膀，我要在蓝天上自由自在地飞翔，游览全世界的各地名胜。我还要向彩霞姐姐要来艳丽的色彩，向星星哥哥要来银光，从银河妈妈的怀里装上一瓶生命之水，从世界各地区找来奇异花卉的花粉。我把彩霞的艳丽色彩、星星的银光和生命的甘泉注进花粉，酿成生命之蜜，带着它，我便开始了长途旅行。

我飞呀飞，飞到了莱茵河畔上的小镇，找到那位听贝多芬弹琴的盲姑娘，给她滴一滴蜜，让她重新睁开美丽的大眼睛，让她重新看到金色的阳光、葱郁的树木，她看到了美丽蝴蝶的翩翩起舞，看到了叮咚歌唱的小河，让她那优美的钢琴声伴着涓涓不息的流水婉转歌唱。

我又飞呀飞，飞到了安徒生爷爷笔下的卖火柴的小女孩身边，我给她一滴蜜让她活过来，给她穿上漂亮的保暖衣，给她端来香喷喷的烤鸭，她吃着，笑了，笑得那么甜，那么动人。

啊！假如我有一双翅膀，我要飞遍世界各地的每一个角落，去为那些因为贫穷，因为疾病和压迫而痛苦的人解除痛苦，假如我有一双翅膀我要竭尽全力，让世界上的少年儿童没有痛苦，只拥有幸福！

019

第一部分 畅想新世界

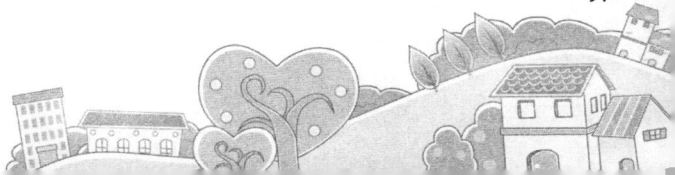

神奇的垃圾桶

陈 明

　　过去我们学校有一些学生不讲卫生，随地乱扔果皮、纸屑、垃圾袋，弄得学校十分脏乱。可最近几天学校变得干净、整洁了。这是为什么呢？告诉你吧，是我给学校设计出一种"神奇垃圾桶"，可以用来清洁校园。

　　这种垃圾桶外形像机器人，脑袋身子是四方的，手臂能自由屈伸，腿脚也伸缩自如，它大约高1.5米。这种垃圾桶最大的特点是受电脑控制，这个电脑装在两个手臂里，垃圾桶"眼睛"是两台摄像机，当"眼睛"看见有人倒垃圾时，垃圾桶头上的盖子就马上打开，等垃圾倒入桶里后，电脑就对垃圾进行分类，把废纸、塑料等可利用的废品和泥沙、土块等分开，同时打开头、身子之间的隔板，这些废品就分别放在身子中的两个格子。

　　平时没事的时候，垃圾桶就在校园里"巡视"。若地面上有垃圾，它就会把垃圾捡起来，扔到垃圾桶里，所以我们只需在操场上放两个垃圾桶，教学楼内一个楼层放一个，一共需要4个垃圾桶，那么整个校园会大变样。

　　哦，差点忘了告诉你，垃圾桶是有"嘴巴"的，当有人乱丢纸屑时，它会耐心地说："小朋友，为了校园的整洁，请你别乱丢垃圾。"若有同学置之不理，它的"眼睛"就会记录下来，每天放学后，同学们打开"摄像机"这些同学就曝光了。

　　小朋友，我的介绍结束了，我们一起加油！好好学习，天天向上，争取发明出这种神奇的垃圾桶，让城市有一副漂亮的面孔。

爸爸的烦恼

李 礼

我的爸爸是大名鼎鼎的蝙蝠侠。他是一个大英雄，他救过溺水的小女孩，也救过被劫匪抢劫的老太太，还救过……大家都一定认为蝙蝠侠过得很快乐吧！可作为他唯一的儿子，我却知道他也有着不为人知的烦恼。

烦恼之一：自从我的爸爸成为人所皆知的蝙蝠侠后，人们渐渐变得依赖他了。一会儿，"蝙蝠侠，帮我挠挠背，我够不着。"一会儿，"蝙蝠侠，帮我系鞋带，我懒得弯腰。"一会儿另一个方向传来："蝙蝠侠，帮我洗一洗我的臭袜子，我没空儿"……每当听到这样的声音，蝙蝠侠就不得不在天空中以每秒十万八千里的速度飞行。蝙蝠侠累得死去活来，因此常常飞行在高空时打瞌睡，险些丧命。

烦恼之二：蝙蝠侠每天不管有多冷，有多热，都必须穿上紧身衣，披上飞行披风。你想啊，夏天的天气多热呀！蝙蝠侠还得在烈日下穿着紧身衣飞来飞去，不热得全身长痱子才怪呢！爸爸也不例外。因此，爸爸白天惩恶扬善，晚上就身着常人的衣服在自家阳台上乘凉。

有一天傍晚，爸爸照例躺在阳台的摇椅上，悠闲地乘凉。突然，地面上传来一声尖叫，原来是一个蒙面劫匪在抢劫一位老太太，由于职业习惯，他想都没多想就俯冲下去（我家住二楼）。快要着地时才发现自己没披飞行披风，也没穿紧身衣……就这样，爸爸被送到了医院。

在医院里我和爸爸看到了一个个熟悉的身影。咦？那不是……香香侠吗？那不是……咸蛋超人吗？他们怎么也……原来他们也是因为傍晚乘凉时救人，负了伤。

爸爸呀爸爸，你的烦恼还真不少！

抽屉式楼房

吴佩珊

　　我常常想，未来的楼房是什么样的呢？终于有一天，我想出来了一种，这就是未来的楼房——抽屉式楼房。

　　未来的楼房是用特种塑料制成的，每幢楼有一二百层，可以住数千人。你可能会问，这么高，怎么上楼啊？不用担心，在楼内有光子传送器。你只要站在上面说出你住的楼层，光子传送器里面的声控电脑会自动判断，把你在数秒钟之内送到你想去的楼层。这种楼的防震性能特别强，就算遭遇超级大地震也不会倒塌。你别以为这楼是特种塑料制成的就认为它不结实，特种塑料是一种新发明的材料，它还用来做宇宙飞船呢！

　　未来的楼房还可以自己发电。这是因为在特种塑料中还含有一层一毫米厚的硅片，这种硅片可利用太阳能发电，不会造成环境污染。当然了，这种楼房还有一个最大的特点——搬家自如。想搬家时，叫来一辆大起重机，机械手臂抓住房子。往外一拉，房子就出来了。起重机会拉着你的房子，把它送到你想住的地方，再把你的房子推到楼里就可以了。就像把两个抽屉换一下位置似的，所以，这种楼房也因此得名为"抽屉式楼房"。有人会问，如果把房子抽出来，那楼不是塌了吗？这点你大可放心，因为每一所房子都是一个长方体，而且上下左右都有特种塑料制成的外墙。这样，你就不用担心抽掉一间房子楼会倒塌的问题了。

　　当然，"抽屉式楼房"的设施也很好。门、窗上都装有声音锁，如果不是听到主人的声音，它是不会开的。屋内还有一台专门控制房屋牢固性的电脑。你只要设定密码，启动"锁定房屋"程序，房屋外墙上的把手就会紧紧地抓住楼的外框。这样可以防止小偷用起重机搬你的家。如果你启动"解除锁定"程序，并输入正确密码，外墙上的把手就会松开，你又可以自由搬家了。

这就是我梦想中的抽屉式楼房。怎么样，你将来愿意住这种"抽屉式楼房"吗？

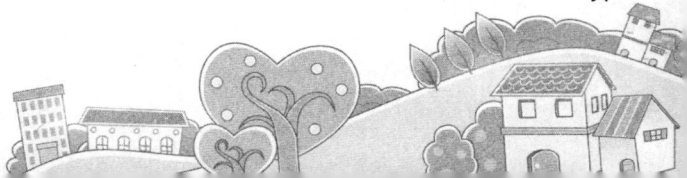

假如我是神笔马良

邢力丹

我从小就有一个梦，那就是想变成神笔马良，我要用马良手中的神笔画出多姿多彩的世界。

假如我是神笔马良，我会不断地画出辽阔的大江大河大海，让人们不再为水源有限而感到烦恼。

假如我是神笔马良，我会画出一座高高的大楼，让所有没有住处的人们，都住在里面，那样他们就不会遭受风吹雨打。

假如我是神笔马良，我会画出无数台太阳能汽车，那样就可以避免汽车排出来的尾气污染环境和新鲜的空气了。我们就会有一个好的生活环境。

假如我是神笔马良，我会画出一个神仙池，只要是有病的人进去泡一泡，就会变得百病全无，健康的人进去了就会变得长命百岁。

假如我是神笔马良，我会为那些残疾的小朋友们，画出他们所缺少的肢体；我还会为那些没有父母的孤儿们，画出一对一对和蔼可亲的父母，使他们感受到家的温馨，父母之爱的温暖。

假如我是神笔马良，我会画出繁荣富强的祖国，我会画出幸福温暖的家园，我会画出充满欢声笑语的校园，我还会画出美丽的大自然。

这个梦，什么时候才能够实现，什么时候让我成为一名真正的神笔马良，让我画出美丽的生活，让我画出多姿多彩的世界呢？

我变成了H1N1流感

朱星光

一道刺眼的光向我照来之后，我就变成了H1N1流感。因为我十分憎恨人类，我现在可算是人类的头号天敌了，于是我无孔不入，从人的呼吸道进入。

一天，我碰到一位年轻人，看他身体极其瘦弱，饭桌上挑食，而且一点儿也不讲卫生，于是我便想进入他的身体内感染上他，可正当我要进攻时，突然一位戴着白色口罩的科学家出现在我的面前，他用吸尘器般大小的机器把我收到了一个大玻璃瓶里，瓶中有很多气体，我被熏得头昏脑涨，弄得我招架不住，只好向他们投降。

我被放在一张桌子上，一位满头白发、慈眉善目的老人，他拿起我并把我放在一部化学仪器里，于是我哭天喊地，赶紧求饶，泪水流淌成了一片，我以为他会把我融化掉，可老人总是说：忍忍就好了。我耐心地等待着，嘈杂的机器终于停了，可没想到他把我加工成了一支支疫苗，人们便时刻地利用着我们，而我们跟人类也开始了友好的相处。

其实我们并不可怕，只要通过科学技术的加工，我们还是可以为人类造福的。

025

智能化房屋

刘雪峰

　　这是未来的一天，夜幕刚刚降临，我们全家正在吃晚饭，大家有说有笑，沉浸在一片欢乐的气氛中。突然，收音机里传出了一条消息：今晚20点30分，滨海市将发生8级地震。表弟听了，高兴得手舞足蹈，说："地震你来吧，我们已经不怕你了！"妈妈随即按了一下抗震按钮，我们便又若无其事地继续吃起饭来。原来我们现在所住的房子是用新型的智能化材料制成的，它融入了微电子、信息、生物等新材料、新能源的高新技术。每家每户都装上了智能化控制的设备。它不但能抵挡地震的侵袭，还能抗击台风、洪水、暴风雨等自然灾害，真正地保护我们人类。

　　片刻，我家的房子慢慢地离开了地面。整个城市的屋子全部都飞到了空中。20点30分，地震果然来了。只见天摇地动，山呼海啸，但我们在空中犹如在平地上一样！

假如我是一名画家

季思宇

　　我爱遐想，对生活总是充满了美好的憧憬。我时常仰望夜空璀璨的星辰，幻想自己的未来。我想成为女企业家，也想当威名远扬的科学工作者，更愿意当一名画家，把世界万物都画得更加美好。

　　假如我是一名画家，我要把祖国的山山水水、一草一木，都用我的笔画下来。首先我要瞻仰它的雄姿，看看那闻名天下的嘉峪关，看看被人们称为"天下第一关"的山海关。然后，用我神奇的画笔，把这条"巨龙"描绘下来。我还要去画那被人称为"五岳"的泰山、华山、恒山、嵩山、衡山；要画那被称为中华民族摇篮的黄河……我还要走遍祖国的名山大川、名胜古迹，把他们的风采都描绘下来。

　　假如我是一名画家，我会把那满天飞舞的树叶描绘下来。当绿色离开人间，天高云淡之时，她就会给"母亲"换上金色的纱裙，飞舞在每一个成熟的果实上留下她热烈的唇印。我会让树叶像蝴蝶一样舞蹈，让河水奏出秋的乐章，让鸟儿再次欢唱，让勤劳的人们举起酒杯，喜庆丰收。

　　当小生灵们不再有欢歌笑语，当河水封锁了琴弦，当"蝴蝶"不再飞舞，"白雪公主"就会参加我的宴会，大地立刻银装素裹。无言的美丽，怡人的景色，飘舞的雪花，孩童的活泼，不能不称为是"白雪童戏"。

　　我幻想的心忽然长出双翅，灵巧得像鸿鹄一般飞出窗外，丢开那些夕阳荒草，疏柳丛苇的景物在脑后而不顾一切，翩然地在那株多叶的樟树边沿落下，走入那樟树荫下的小门。

027

新世纪的水果

刘燚兵

22世纪，地球发生了很大变化。水果也是千奇百怪，比如百变苹果，它可以按照你的口令变成任何东西；弹跳橘子，具有像跳跳球一样的弹力，而且味道也不错；怪味西瓜，每个西瓜都有自己独特的味道——这些水果都是由大名鼎鼎的太空水果公司生产出来的，我就是这个公司的总经理。

在这些水果中，最让我感到自豪的是五彩缤纷果，它能变成各种颜色，而且颜色不同味道也不同。如褐色的是巧克力味，黄色的是梨子味，绿色的是西瓜味等等。最重要的是它还可以变成汽车、飞机和小船，让你旅游时不用再多花钱了，因此，水果商店里这种水果已经是供不应求了！这不，又有人在网上向我订购。我打开文件，只见上面有几行字：请再运500公斤五彩缤纷果到水果批发部来！我们这里的货都没了，要快！我立刻让飞行员驾驶一架运输飞机把500公斤的五彩缤纷果运往目的地。

为什么五彩缤纷果能变换颜色、味道，并具有变换交通工具的能力呢？因为我邀请了世界上几位最好的科学家在火星上建造了一个基地，并将变形兽和变色龙的基因注射在苹果树幼苗中，这样就培育出了五彩缤纷果。这种水果很快取得了宇宙食品总公司的专利，成为水果中的"明珠"。

虽然我已经成功地培育出了五彩缤纷果，但我还要不断努力，培育出更多更好的新型水果，推向市场。

明天的教室

杨宇辰

现在我们的教室，是用木材做的桌子、椅子、讲台……同学们每天背着沉重的书包到教室上课。那么，31世纪的教室将会是什么样的呢？

31世纪的教室我想是这样的：黑板变成了一个一个的大屏幕，屏幕上有老师要讲的内容。对了，讲台上还会有一台电脑，作为教室的控制中心。每个同学的桌子上也应该有一台电脑，作为终端，供每个学生上课用，电脑里可以贮存许多的软件，还有能使同学感到惊奇、快乐、有趣的游戏软件。每位同学都有一把进入电脑必须要用的独一无二的"钥匙"——密码。到那时候，可能不分上、下课，不分语文、数学等学科，同学之间的学习程序可以不一样，不像现在这样一个年级必须花一年的时间学习，而只需要在某种电脑答题就可以了。

31世纪的教室十分奇妙，教室不是固定的，而是可以移动的，只需要按一下按钮，教室就会随时移动。不说不知道，一说吓一跳。教室有一个特异功能，它可以随时变换，若我们要上体育课，教室就会立刻变成操场，而教室会到地下的仓库里面去，同学们可以在操场上跑啊！跳啊！等到下课，操场又会变回教室。

打扫卫生可是一件麻烦的事情，可是我们在31世纪的教室里可就不一样了，地上没有一点灰尘，这是怎么回事啊？原来每个教室里都有一个机器人，它会边听课边打扫卫生。它好像是一位辛勤的清洁工，不怕苦，不怕累。

同学们，让我们一起努力，一起把未来的学校建立起来。

029

海底畅想曲

吕美莹

现在我坐在超光速发射游览机里，因为我要到海底玩一番，我迫不及待地叫导游小姐按下超光速发射按钮，我犹如离弦的箭一般，来到了美丽的海底世界。

海底可真美啊，成群结队的金鱼围绕着我，真像一条金项链，好像在向我致意，五彩缤纷的珊瑚，千姿百态，一颗颗翠绿的海草，连成一片。

"你瞧。"导游小姐指着不远处郁郁葱葱的海底森林说，"那里就是防污染净化森林。"

"什么？什么是防污染森林啊？"我不解地问。

"有了这些森林啊，海水的垃圾都能清除，而且海水又苦又甜又清凉。"导游小姐说。我心想：有了这些防污染净化森林，陆地上将永远不会再发生大旱灾了。

我跟着导游小姐兴致勃勃地走着，啊，大鲨鱼，要是在以前，我肯定拔腿就跑。可是现在，不用害怕，它们已经关到自生区了，有一种电磁波的透明圈，使它们出不去，如果它们用身体击打它的话，那么它就会用适量的电来电击鲨鱼。

不一会儿，一个很像海豚的东西向我们游来，这是海洋交通车，它带我参观了海洋运动场，海洋飞机场，这一切让我大开眼界，不一会儿"海豚"向上升起，各位游客，海底世界游览到此结束。

我恋恋不舍地离开了海洋妈妈的怀抱，望着这气势雄伟的大海，我想：大海竟如此美丽，如此富饶，我长大要好好地开发它，好好地利用它。

汽车工厂在月球

田远哲

2022年10月10日的北京，晴空万里，艳阳高照。天安门广场上空，红旗飘飘，上午9点党和国家领导人在人民大会堂出席航天庆典，并为我国登月组建中国联合汽车工业公司的有关工程技术人员颁奖。

庆典盛况正通过卫星向全世界进行现场直播，消息瞬间传遍世界，美、日、英、俄等国大为震惊。

获奖技术人员中有一位眉清目秀，个子细高的年轻人在接受记者的采访时说："我们会继续努力，创造人类美好的新明天。"那个人就是我，当时我感慨万千，回想登月前的艰苦训练以及登月建造我国新型汽车工厂的日日夜夜，心情无比激动。

大学毕业后经过筛选我有幸成为国家月球汽车工程项目组的一员，经过一个月的紧张集训后，项目组的成员乘坐一艘大型太空货运飞船，来到了月球上。

月球上没有氧气，引力也很小，呼吸活动都很困难，怎样才能正常工作，建造现代化汽车工厂呢？没问题，我们拿出氧气发生器，它的体积并不大，但是它的能力可大了。按下ON键，很快就在月球表面形成大气层，同时又产生与地球一样的人造引力，月球表面的尘土也很快就静止了，这样，我们就开始工作了。月球表面到处是大小月坑及丘陵，这时，我们的多功能工程车该大显身手了。这种工程车是全数字多功能模糊操作，使用简单，只要给它指令就可以。

我们用5辆工程车在3周内建成了铁矿石开采及冶炼厂、汽车零部件加工厂。用一辆工程车进行园林生态，人工湖以及公寓等生活设施的建造，其他5辆工程车进行场地、厂房、汽车自动化生产线建设与安装。一个月后，一座环境优美，年产500万辆汽车的世界最先进的大型现代化汽车制造企业在

第一部分 畅想新世界

月球上诞生了。

我们生产的是高性能超级智能汽车。这种汽车的动力系统采用太阳能技术，可持续供给能量；车身两侧带有折叠翼，用于在空中飞行；车身的前下腹有伸缩折叠螺旋桨及气垫，用于水中航行。该车无人驾驶，且安全无噪音，只需输入目的地，就能带你安全到达。整车性能领先地球上的产品50年。

我们经过38小时的飞行，返回北京，参加祖国在10日上午举行的月球汽车项目庆典，同时也是向党和人民汇报工作。中国的壮举震惊世界，各国纷纷发来贺电，向中国表示祝贺。

皎洁的明月，你总是带着一层神秘的面纱面对我们，你让我们向往，让我们留恋。我有一个坚定的信念：美好的未来不再遥远，这美妙的遐想也一定会实现。为了美好的未来，我一定会努力的！

未来的房子

周佳怡

现代的房子存在着许多缺点，比如说，遇到了地震，房子倒塌；因人口增加，房子容纳不了增加的人口；房子因使用时间长会老化，变得很脏；有些房子天气晴朗照不着阳光，阴雨天更显得阴暗；房外有噪音，人们无法入睡……面对这些问题，我想研究制造一种新的房子。

这种房子和现在的房子区别非常大，简单来说，现在房子有的缺点它都没有，房子的墙壁是用特殊材料做成的，它就好似一台立体电视，你在休息的时候，只要按下桌子上的按钮，墙壁就会播放世界的闻名景色，你看了一定会置于迷人的景色中，心旷神怡。

这种房子还可以随意变换样子，虽然房子的外表变了，但是里面的设置一点都没有变化。房子的窗帘就好像一幅图画，它会根据你的爱好变换画面，如果遇上了地震，不必惊慌，房子里装有地震探测器，房子会提前发出警报并自动脱离地震险区。假如房子外有噪音，你不必担心睡眠问题，因为房子装上了隔音器，外界的噪音是不会传入你的耳朵里的，你也就可以安心入睡了。

这种房子，做饭也很方便。饿了你只要说一声，房子的声音感觉系统就可以报告机器人厨师。想吃什么大声说出来，在厨房工作的机器人听到了，就会马上做出来，你放心，这些蔬菜都是绿色蔬菜，没有一点儿化肥，你可以放心食用。

这种房子的客厅很大，而且电视是吸收房间里的二氧化碳作为电力的，在阳台上摆放着各种奇花异草。在客厅左面挂着许多伟人的画像和诗词，右面墙上画着几个大的太阳系银河系的电子照片，它会让你感觉到宇宙的奥妙。

在这种房子里的卫生间里散发着一种香味，马桶还可以变换色彩。

怎么样，这种房子还可以吧？以后这种房子会进入每家每户。

梦庐山瀑布

殷嘉彤

说起古诗，我可是极其喜爱啊！特别是唐诗，而在这千千万万首唐诗中，李白的诗我最喜爱，虽说只是四行字，但可以读出诗人李白那种激情、飘逸、潇洒。他的每首诗，都令世人惊叹。

"日照香炉生紫烟，遥看瀑布挂前川。飞流直下三千尺，疑是银河落九天。"教室里响起了一阵阵朗朗的读书声，这声音传到九霄云外，一直飞到了那宏伟的庐山边，被瀑布冲散了。我摇头晃脑地读着，思绪也飞到了九霄云外……

"嗖"的一声，我的身体被重重地摔了一下，我睁开眼睛，看见了高挂在天空的太阳普照着山峰，将一边的几座古色古香的小房子、小亭子照得金光闪闪。这是哪儿，我不由是学校吗？

我走近了那几座简陋却带有艺术气息的房子：这不是古时候的房子吗？我怎么会在这儿？我不由得疑惑起来。正在这时，从一个房子里走出了一个老奶奶，穿着宽松的丝织衣服，像在拍古装大片。我忙跑去问："请问这是哪里？""什么？你竟不知道这是哪里，你向后看。"我好奇地扭过头一看，哇！好壮观的瀑布，这和书中画的庐山瀑布一模一样！

"难道，这就是庐山瀑布？"

"当然是啦，听说，一会儿大诗人李白还要来山头远眺瀑布呢。"什么！李白？他不是早就……我不会来到了唐朝吧！"几时了？"我问老奶奶。"辰时。"老奶奶答道。我更加确定我来到了唐朝——李白的时代！

我看着瀑布，它似云，似雾，似纱，更似千百条飞垂下来的银练。不知过了多久，一道影子出现在我旁边，我一扭头，看到了一位身着青衫，也在不远处望着庐山瀑布的男人。看上去神态很飘逸。

"好一个庐山，好一个瀑布！几经太阳的照耀，它的上面居然升起紫烟。山云笼罩，从远处看像一条白布，又恰似一条白龙从山巅垂下。飞流直泻，三千尺也挡不住！多像银河从九天落下。"他自语着。没错，这瀑布真的很壮观。之后，28个大字便盘旋耳边："日照香炉生紫烟，遥看瀑布挂前川。飞流直下三千尺，疑是银河落九天。"

　　我激动极了，掏出小本子想请他签名。但他向后走去，背影悠长。我刚想追去，他却消失了……

　　眨眨眼，我的前面是一个大大的黑板：这是学校教室！我恍然大悟——刚才的事，是白日梦。我在梦中见到了李白！

神奇的画笔

荆梦园

未来的某一天晚上，我坐在我家花园的草地上，身边放着颜料、画纸、画笔和水，也许你已经知道了我要干什么——我要画画儿。我要画的是种在我家花园里的一棵树，那是一棵特别的树，不过在未来，那种树已经是很普通的了。这树的树叶密密麻麻的，而且还会发出绿色的光。这绿光在早上是看不见的，但是一到晚上，就会非常漂亮，整棵树像披上了绿色的薄纱。

我摊开画纸，随手从草地上摘了一棵小草。也许你会奇怪：摘草干啥？告诉你吧，这草啊，已经不是一棵草了，它还可以用来写字，画画儿，就像一支笔。

也许你会问："天这么黑，怎么画画儿啊？"问得好。虽然树叶可以发光，但不是很亮，所以这时候，我盯住了一朵花儿，数着"一、二、三"，那朵花儿自动飞到了我的手上。这些花儿跟那些树叶一样，都是可以发光的，但是这花儿比那树叶亮多了。我把它放在画纸前面，这下应该没问题了。

我边画边唱着歌。画着画着，"铃、铃、铃……"一阵电话铃声响起来了。我忘了给你们介绍，我的那支画笔并不是普普通通的画笔，它还能当电话用。我不用拿起话筒就说了一声："喂！"

"喂！你怎么还不来啊？你该不会忘了今天晚上咱们有一个同学聚会吧？现在就差你了！快来啊！"啊！对了！我真的忘了。

我立刻开着我自己的那辆时速高达1000公里的全自动超速快车赶到海底餐厅去了！

漫游未来的家乡

初 权

　　"啊，好困呀！"我伏在写字桌前，只觉得头昏脑涨，不禁叹了口气。在恍恍惚惚中，一只晶莹剔透的白雕朝我飞来，在我面前突然停下。白雕用天籁般的声音笑盈盈地问道："小朋友，你想去漫游未来的家乡吗？"我高兴得一蹦三尺高，朝白雕点了点头，便骑到了它的背上。白雕以超光速载着我向时光隧道飞驰而去。

　　眨眼间，我们便来到了家乡的"未来世界"，这是一个完全陌生的世界。未来家乡每一条街道都有自动调速的人行道，而且每条人行道都通往家家户户的门口。这样，人们如果想上街，只要踩上它，就能快速到达目的地。更奇妙的是，这里的每个人都有一个超级飞行器，只要你把它往身上一背，说出你想去的地方，它就能把你准确地带到目的地。它最大的优点是靠太阳能来驱动，而不需任何燃料，这样就大大减少了对环境的污染。

　　说起未来家乡的生活环境，那就更加优美了。这里的地面是用一种特殊的地板做成的，这种地板能吸收大量垃圾，即使有一丁点儿纸屑，也会被地面吸收进去。所以，这里到处一尘不染。

　　这里的河水清澈见底，即使站在远处，也能一眼看见小鱼和小虾在河底嬉戏玩耍。因为这里每家工厂都有全自动污水处理器，所以只要一有污水排泄出来，经过处理器的加工，就立刻成为纯净水，可以供人们直接饮用。

　　这里的空气就更新鲜了。大街两旁和小巷的角落里到处是郁郁葱葱的树木。而且每隔一段路都装备了一台高纯度氧气制造仪，它能源源不断地输送出新鲜氧气。因此，人们无论走到哪里，时刻都能呼吸到绿色的氧气。

重返原始社会

肖婉秋

一天，我在家里闲着无事，忽然被一股强大的吸引力卷走，匆忙中我只随手抓起桌上的打火机和一台相机。

当我再次睁开眼睛时，发现周围的一切都变了。我来到了一个苍茫的大草原，没有高楼大厦，没有公路汽车，四下里一片沉寂，一片原始和谐的沉寂。

我漫无目的地向前走着。没走几步，就看到一位和我差不多大的女孩，不过，她身上披的是兽皮缝制的极简单极粗糙的衣服，眼睛也充满了奇怪和疑虑。我赶紧向她微笑，并说："我是从21世纪来的，和你们一样，也是人类。小女孩高兴得笑了，她告诉我，她叫空灵儿，是附近一个部落首领的女儿。

于是，我随空灵儿一道，把用兽皮做的极为简陋的衣服穿在身上。部落的人们发现了我的到来，对我的羽绒服惊异不已，我则更羡慕他们的"真皮大衣"和空气清新的生活环境。也许因为我是空灵儿的朋友，他们对我很是友善，并且还举办篝火晚会来欢迎我。

我对村庄的一草一木都非常好奇，空灵儿也不停地问我的感受，于是我俩在村庄里闲逛闲谈，忽然我发现一个人双手捧着一根木棍在一截枯木上使劲倒腾着什么。空灵儿说："他们是在钻木取火，取我们晚会上用的火种。"我说："我带了个宝贝，你看……"我掏出打火机"啪"的一下，火苗蹿起来了。空灵儿接过打火机，高兴跳了起来，她又指指我挂在脖子上的相机，问你这个也是取火的吗？我告诉她说是相机，可以把人的形象照下来，冲印成相片永远保存。我先给你照一张。我说："等我回到21世纪后，看着你的相片就能想起你们了。"

篝火晚会开始了，大伙儿围着火堆跳呀，笑呀。我忙着拍照片，心想：

要是能把这些原始人活动的真实场景带到21世纪，该是一个多么伟大的创举呀……

又是一股强大的引力袭来，就像一阵狂风把我刮回到了家里。我好后悔，都没有来得及和空灵儿说声"再见"。看着书桌，爸爸的打火机不见了，也许真的留在了原始社会了吧——总算给空灵儿送了一件礼物，而且……我抓起相机，兴冲冲地向彩扩店跑去———一个空前绝后的奇迹将要在我手里发生了。

两天后，我垂头丧气地接过彩扩店老板递给我的胶卷——不知什么原因，我辛辛苦苦拍摄的原始人狂欢的镜头全部曝光了。

恐龙时代一游

史国卓

一天中午，我突然对一亿五千年前陆地动物的统治者——恐龙感了兴趣，于是，我便拿起了穿越时光机器一按……

转眼间，我来到恐龙生活的地方，我一抬头，吓了一大跳，我的眼前出现了一个大怪物，它的个子好高，头上有一个扇形嘴巴又长又扁，我撒腿就跑，但却感觉到后面有东西在追我，由于跑得太快，我一下子被脚下的石子绊倒了，也不知是害怕还是过度紧张或摔得太痛了，我一下昏过去了……当我慢慢醒来时，我感觉好像被别人拖着，我又睁开眼睛仔细地看了一下周围，当时的情景使我又惊奇又欢喜，我被刚才的大怪物用前爪抱着呢！我用胆怯的目光望着它，它也用圆溜溜的眼睛望着我，我又赶忙闭上眼睛，突然它大吼一声，吓得我打了个冷战。转眼间，周围都是"怪物"了，我看着他们，他们也看着我，看着它们的样子好像不会吃我。于是，我慢慢地壮大了胆子，我从那个怪物身上一点一点地下来了。我赶快拿出辨认动物扫描仪，刚一对准那个"怪物"，扫描仪上立刻出现了盔龙的外部形态和特点的介绍。哦，原来是盔龙呀，看着它们还傻乎乎地瞅着我，我想我和盔龙已经成为好朋友了，我搂住盔龙的脖子，盔龙用长长的嘴巴碰碰我的脑袋，我骑上了盔龙的后背，盔龙驮着我向前奔跑，我好开心呀！

"园卓，园卓，起床了……"朦胧中我听到妈妈在叫我，一睁开眼睛，原来是一场梦，这个梦真是又惊险又有趣呀！

颠倒世界一日游

王赢庆

一天，我做完了作业，觉得十分无聊，迫不及待打开电视机，津津有味地看了起来。

打开了电视，电视好像有什么毛病，我拿起放大镜一看还是看不清楚，只是模模糊糊有几个小点，我拿起望远镜才看清楚，电视上说："你想来到颠倒世界吗？"如果想就登录vvveg222oddsj.com，我急不可待地登录了。忽然，一股巨大的磁力将我吸入了电脑里，我被重重地摔在了地上，我大喊："爸爸、妈妈，我饿了。"可是没有回音，我来到了我的房间，只见有几个孩子在玩玩具小汽车，他们还管我叫爸爸呢！我想："莫非我真来到了颠倒世界？"

我一看钟表，"哇！8点了。"我急匆匆地赶到了学校，但是学校一个人也没到，到了12点有一些小朋友来了，我又一看自己的手表，原来现在的时间是倒着走的。到1点钟小学生都来了，他们都说："老师好。"怎么，我又成了老师？下课铃声响了，同学们都说："老师好"。我一说"上课！"同学们都说："老师再见。"到了傍晚12点钟才放学。我们也下班了。

我这时非常饿，在十字路口上，到了绿灯我就走，但是被一个民警拦住了去路，他说："闯绿灯了，罚款200元。"说完就给我200元。我又到了一家饭店，我先吃了点心，点心吃完了，他就给我点了许多菜。老板说："一共1万元钱。"说完他就给我1万元钱，有了1万元钱我买了一架机枪，在人群中乱打，但没有一个人被打死，买菜的买菜，购物的购物。我觉得现在的人们已经有了长生不老的秘密药方。最后，我买了一台电脑输入网址vvveg222oddsj.com，电脑上说："你对这个世界已经厌倦了吗？"我回答：

"是的。"突然，一股强磁力又将我吸进了电脑里，我被重重地摔在地上，我爬了起来一看周围还是原来的老样子。

我又看了一下时钟，已经8点30分了，正要背起书包，突然仰天大笑："今天不是周末吗？哈哈，继续睡会儿觉。"

机器人

孙济伦

　　我坐着哆啦A梦的时光机器来到了3000年的一个医院里，迎接我的是一个机器人，他对我说："我是机器人3000，请问您需要什么帮助吗？"我让他介绍一下医院的基本情况，他告诉我，他就是一名护士，在医院里帮助病人做一些工作，现在这个医院里已经全部是机器人护士了。把给病人喂水、给病人打饭、扶病人行走等工作全部承担了。

　　接下来，我来到一个商店，我看到为我服务的还是机器人，他对我说："先生，您需要购买什么物品？"我说："我要买一瓶天然矿泉水"。他的动作很敏捷，不到半分钟就把水拿给了我，并且在他胸前液晶显示器上显示出商品的价格，他问我还需要什么物品，我说："不需要了，谢谢！"这时我发现机器人身上有投币箱，还有刷卡器。我按照液晶显示器上显示出的商品的价格把钱付完后，他很有礼貌地送我出了门，还说："您走好，欢迎下次光临。"

　　为了了解机器人的功能和作用，我来到了机器人制造厂，看到了整齐、高大的厂房和一条条全自动生产线，却没有看到一个人。后来厂长通过视频看到了我，他把我迎接进他的办公室，向我介绍说："现在工厂生产的机器人有十几类，上百个品种呢。机器人的用途也很广泛，有的可以去医院、有的可以去农场、有的可以去工厂、有的还可以参军呢。特别是有几款机器人可以变身，在不同的需求下，可以变换造型，如：变车、变船、变飞机等等。并且可以选择生活模式，如：'非洲、美洲、亚洲等等'"。

　　有了机器人的帮助，人类可以节约很多时间去开发更多有益的机器人产品。

我的梦想

马兆红

我的梦想是成为一名出色的地球设计师。

首先，来参观一下我的地球田园，这里的玉米像水桶那么大，一个人吃三天也吃不完！花生有脚掌那么大！最大的是西瓜，有做饭的大锅那样大，吃起来可真过瘾啊！我的地球田园年年大丰收，我把收获的粮食、水果运到外星球，请外星人也来尝我们地球的特产。

然后再到动物园逛一逛吧，只见大象有四层楼那么高，骆驼有几十米高呢！长着又粗又长的腿，长颈鹿就更不一般啦，站在陆地上只要它一伸长脖子就可以直接与空中飞行的飞机对话。这样它就可以代替直升机来实施救援了，可以大大降低用直升机救人的危险性。

接着，我带你来参观我的家，在室内，墙壁的颜色可以根据主人的心情，随时发生变化，不仅可以烘托气氛，还可以潜移默化地净化空气。所有的家用电器都是全智能化的，可以通过"读心术"来判断主人的行为，并且掌握主人的习惯。这不，到了午饭的时间了，我的肚子"咕噜噜"地叫了起来，刚刚决定吃什么，面前就已经开始发生变化了，我正坐在餐桌前，面前是一桌刚刚想吃的美食。饱餐一顿后，来到窗前欣赏一下吧，窗前种着由我培育出来的新品种花朵，这些花朵不仅可以自己变换四季的颜色，还可以通过早、午、晚光线的不同，来呈现出不同的颜色。让我每天都可以闻到不同的花香。

最后，来我们的社区看一看，社区内有很大的儿童乐园，小朋友喜欢的游乐设施里面是应有尽有啊！家长们再也不用担心孩子在玩耍的时候会有危险，因为我们的乐园里配有很多的机器人保姆，可以保证每个小朋友的安全。社区通向外面的道路就更有特点了，这条路有四层，每一层通往一个方向，只要你决定去哪里，只要站在相应的方位上，就会有我特别为出行设计的飞行器来载你到你想去的任何地方。不仅有秩序，更重要的是环保、安全。

　　这就是我开发地球，造福人类的梦想。我想：只要努力学习科学文化知识，我的梦想就一定会成为现实。

没有大人的世界

林宝奇

早上醒来，玲玲穿上衣服走出房间，咦，爸爸妈妈呢？他们去哪儿了？一个个念头从她的脑子里闪过。她把窗帘拉开，哇！大街上都是小孩儿，再仔细看看，一个大人也没有。她惊奇地说道："太好了，没有大人我就可以痛快地玩儿一番了。"

她走到厨房打开了冰箱门，拿出了一大块巧克力，心想："平常每天爸爸妈妈只让吃一小块，现在我要把它全都吃掉，把平时欠我的全补回来。"只见她用了三大口就吃完了。

吃饱了，玲玲决定到公园玩一会儿。到了公园，她想先去玩碰碰车，可是管理员没在，车子启动不了没玩上；于是玲玲又来到旋转木马游乐区，这里也是空无一人，然后又来到了……最后她垂头丧气地回家了。

她原以为没有大人的关爱自己也能过得不错，现在这个念头从她的脑海里消失了。想看电视也看不上，因为没人管理，停电了，想洗个澡也洗不上，因为停水了……这时，玲玲"哇"的一声大哭起来，两三分钟她的泪水就哭成了一条河。突然，好像有人对她说："玲玲！怎么啦，做噩梦了？快醒醒！"玲玲睁开眼睛看到妈妈在自己的床前，才想起自己刚才做了一场梦。便一下扑到了妈妈的怀里，把自己做的梦告诉了妈妈并趴在妈妈的耳边说："世界上没有大人真是不可以。"

聪明药水

王梓祺

　　一天晚上，我看到了一扇大门出现在我的眼前，我好奇地走了进去，看见一个穿着白衣服，兜里揣着几瓶药水的人坐在办公桌前正在研究一种奇怪的药水，听到一些记者的提问，我才知道，那就是未来的我——一位伟大的科学家。

　　"请问，您现在又要研究什么神奇的东西呀？"一位记者问到。"我正在研究一种使人变聪明的药水，这样人们的智力都会很高的。"我答道。原来是几名记者在采访我啊。还没等我反应过来，我已经开始做实验了，只见未来的我拿出了一个类似盒子的一样东西，然后按了一下红色按钮，突然在办公桌前的电脑屏幕上显示：此次实验危险指数高达5颗星。所有的记者都慌了起来，而我并不着急，我又拿出了深绿色、深蓝色和粉色的药水，一个一个地倒进了一个杯子里，然后加了一些液体，防止两种药水产生发热现象引起爆炸。现在还差三步就大功告成了，我把一个长着大手的机器放到杯子里按了一下上面的按钮后，大手就快速地搅拌，搅拌的时候，现场的人们议论起来。有个记者说："这太危险了，咱们赶紧走吧。"我听到这句话就紧张起来，大手突然停止了，这就说明这一步骤成功了，然后我把一杯冷水倒进了做药水的那个杯子里，以防爆炸。还差两步了，把药水放到杀菌板上杀菌，然后再使用试验机，测试那个药水有没有毒和副作用……我小心翼翼地把药水放到了杀菌板上，20分钟过去了，并没有发生爆炸，也就是说实验还差一步就要成功了……

　　当最后一步开始的时候，我隐隐约约地听到了妈妈在叫我："梓祺、梓祺，快起床了，要迟到了！"当我醒来才知道这是个梦啊。我做过许多这样的梦，但是每次都没有实现，我相信，我长大以后一定会把这些梦全部都实现。

80年后的长春

闫帅廷

星期六的晚上，我写完作业就去看电视，不一会儿我竟躺在沙发上迷迷糊糊地睡着了。梦中我来到了80年后的长春。

我走在大街上，发现路上有各种各样的飞行器，原来街道已经分为上下两层通道了。导游给我们介绍说这是我们的主要交通工具——海、陆、空飞行器，它可以飞行、奔驰、潜水。

走了一会儿，我的肚子有些饿，正好导游说："现在大家可以去步行街吃东西了。"我走到步行街的美食城，这儿可和我原来认识的步行街不一样了。我走进一家餐馆里，里面全部是机器人服务，一位机器人服务员过来问我："请问您需要帮助吗？"我把我要吃的东西告诉了他，不到两三分钟，热腾腾的红烧肉就端了上来。吃完饭我出门时机器人服务员对我热情地说："再见，欢迎下次光临！"

我信步走在街上，偶尔可以看见"警察机器人"在执行任务，他的眼睛是和警察局里一台大屏幕连接的，别看他个子矮小，但他的功能可不少。指挥他工作的是一个植入他头部的微型输入软件，由警察局给他输入指令。他有一双大铁手和一双"飞毛腿"，还有一具坚不可摧的身躯。有了这个机器人，人类警察可轻松多了，只需一边看大屏幕一边喝咖啡就可以了。

见识过这么多新鲜的事物，这时我想到我的母校去参观一下。我来到学校门前，一个声音说："此人不是在校师生，因曾就读于本校请进入参观区。"原来学校已经变成了智能自动化的了。我乘着电梯进入参观区，里面有一层大玻璃，我可以看到所有在校学生的听课情况，但他们看不到我们玻璃这面，所以丝毫不会影响到他们的学习。往前走着，我看到四年十班这节是上关于"海底世界"的课。只见老师按了一下讲台上的按钮，整个教室立刻变成了立体的海洋世界。我不禁赞叹道："真先进呀，我要是能去该多好，现在的孩子可真幸福啊！"这时我翻了个身，掉下床的我惊醒了。

选　择

杨梓鑫

　　圣诞节的夜晚，月亮悄悄地躲在了云层背后，天空中一颗星星也没有。雪一直纷纷扬扬地下着，那可爱的六瓣小精灵在路灯下熠熠发光，一条白色而笔直的大道一直延伸到远方。

　　我站在窗前，望着窗外圣诞节的美景，禁不住陶醉其中，忽然一阵倦意袭遍了我的全身，坐在书桌前，望着眼前的题山书海，我的头重重地搭在书桌上。

　　"小朋友，醒醒吧，看我给你带了什么礼物？"我睁开惺忪的睡眼，发现面前站着一个白胡子的老爷爷，戴着红色的帽子，还骑着驯鹿雪橇。"啊，这不就是我梦里都想见到的圣诞老人吗？"他眼里闪着智慧的光芒，一脸慈爱的笑容，大大的手上拎着一个礼物袋，在我面前晃来晃去。"小朋友，圣诞节到了，挑个礼物吧。""太好了！"我一蹦三尺高，接过袋子，将手插入袋子中，"咦？怎么里面只有两个小盒子？"

　　两个红色的盒子已摆在我面前的桌子上，我将桌上的灯光拨亮，希望能看清楚里面的礼物，好紧张啊，我的心感觉就要飞出胸膛。第一个盒子被我打开了，"啊，发财了，里面有金银珠宝、钻石玛瑙，这不是人们梦寐以求想得到的东西吗？"

　　"再看看另一个。"圣诞老人捋着胡子笑着说。我又打开了另一个盒子，仔细一看，里面有一张卡片，上面写着：孩子，带上这个盒子吧，你会拥有理想、友谊、诚信、学问。"孩子，做个选择吧，你要哪个盒子呢？换句话说，你是要无数的金银财宝呢，还是让你的人生拥有理想、友谊、诚信和学问呢？""我都要！"我兴奋地喊道。

　　我忽然在一艘大船上，船行驶在苍茫的海面上，突然狂风大作，下起了倾盆大雨，顿时海面上波涛汹涌，船上灌进了许多海水，船随时都可能沉入海底。这时船长要求船上每位乘客必须将自己行李中的一件东西扔进海里，以避免船继续下沉。我稍作考虑，就将那盒金银珠宝扔到了海里，周围的人也纷纷扔下自己身上一些不值钱的东西，他们看见我扔掉了金银珠宝，都为我惋惜："多可惜呀，那些金银珠宝可以买40套别墅呢。"

我却说："在我心中，一个人首先应有诚信，还要拥有学问、理想和友谊，而那些只拥有金银珠宝的人却只会大手大脚地花钱，其他的却一无所有。如果我扔掉财富，我还有四样比财富更有价值的东西，仍然可以创造财富；可如果我扔掉这四样东西，我将一事无成。"大家听了我这一番话，都热烈地鼓起掌来。

海面终于平静了，天空中出现了一条彩虹，彩虹辉映着湛蓝的天空，阵阵凉风吹来，美丽的海面上风光更加动人，夕阳即将西下，它的余晖映在海面上，让人觉得十分惬意。到达海岸后，我立刻向亲朋好友求助，亲朋好友们都热情慷慨地帮助我，我体会到了爱的温暖给我带来的无限快乐。

梦

商耀元

　　李斯南、韦炜、秦典和我乘坐私人飞机来到南极，寻找冰层中的猛犸尸体。猛犸又叫毛象，与现代大象是近亲，身上长有毛，虽然猛犸已经灭绝，但科学家从猛犸古尸解剖中发现，猛犸的皮下组织可以找到抗癌物质，还有一种不被人们认知的有机物质。由于南极气温在零度以下，我们必须尽快完成任务。

　　我拿出冰层探测雷达，仔仔细细地搜寻着每一个角落，终于在一块千年冰层下找到了一具猛犸尸体。李斯南迅速拿出高压水枪，从冰层中挖出猛犸尸体。

　　韦炜和秦典放下吊锁，把猛犸运回到实验室。接下来，李斯南负责尸体保存，韦炜控制实验室温度和湿度，秦典和我负责提取DNA。切片用了一组又一组，显微镜中观察了一遍又一遍，终于找到了一个活的DNA，我庆幸自己的发现。我们小组准备完成更大的工程——克隆猛犸。先是在培养液中复制DNA，然后寻找可以供实验的大象胚胎，用专用设备把猛犸DNA注入大象胚胎里……经过我们的精心呵护，小猛犸终于出世了。小猛犸一天一天茁壮成长，我们四个人分头准备提取抗癌物质所需的试验仪器和设备，就在我们着手切割猛犸皮下组织的时候，在耳边传来一阵急促的铃声……

　　"起床，起床。"我被闹钟吵醒了。哦！原来是一个梦。我揉了揉惺忪的睡眼，脑海中浮现出冰层探测器、高压水枪……一切都像真的一样。虽然我的梦醒了，但我想，只要努力学习科学文化知识，梦想就会变成现实。

22世纪的课桌

王　可

　　时间过得可真快呀，时针嗒嗒地飞跃到了2100年。这时的我，实现了梦寐以求的愿望，成了发明家。

　　我和机器人助手"芒果"已发明了几项国际专利产品，这不，我又刚刚发明了一种奇妙的课桌。这种课桌全是玻璃做的，抽屉的两边有两个按钮，在炎热的夏天只要按一下右边的绿色按钮，桌子就变得凉快起来，人趴在上面比坐在空调房间里还凉快；寒冷的冬天，你只要按一下左边的红色按钮，桌面就变得温暖起来，非常舒服。如果你读书、写字时，姿势不正确，比如胸部与课桌的距离没有一拳头，或者眼睛与书本的距离没有一尺左右，那它的机器手便会自动纠正你的姿势，从而保证同学们身体正常发育，解除近视之苦。

　　它还具有回收功能呢，如果同学们的东西掉在了地上，那桌腿里的机械手就会大显身手，它会将掉在地上的学习用品捡起来放在桌面上，你就不用再弯下腰去苦苦搜寻了，你说妙不妙？有人一定会问，这种桌子是玻璃做的，万一被压碎了怎么办？这你就是杞人忧天了，告诉你吧，它是用高科技材料做成的，它至少能承受20吨以上的重量，即使你们全班同学挤在一张玻璃桌上，它也会安然无恙的。

　　当然，我还很遗憾地告诉你，这种课桌的唯一缺陷，就是上课时，你的每一个小动作将无所遁形，你的一举一动都将尽收老师眼中，因为课桌是透明的，同学们，这不会给你们带来不便吧？

第二部分

爱与梦的旅行

从我的婴儿时起，妈妈便成了我心中的支柱，我爱她，她是我心中唯一的明灯。是啊，妈妈虽没有像爸爸那样奉献给家庭那么多的金钱和物质，但她却奉献出了金钱买不到的东西——深情而充足的爱。妈妈的爱，将家庭凝成一个整体，失去了它，家便会失去生机。

——杨娜《妈妈，是一片湖》

给妈妈的一封信

黄天煜

亲爱的老妈：

　　您好！

　　其实我们天天见面，写信给您只是想跟您说说心里话。

　　今年我上小学五年级了，已经是高年级的"大"学生了，可是您对我的要求一点儿也没有松懈。还记得"十·一"长假结束以后，开学的那天早晨，我只差一张手抄报还没做完，您却不依不饶地让我完成以后再去上学。您还给我讲了许多道理，虽然有点儿唠叨，但我却被彻底地感动了。妈妈，我也反思了，7天假期为什么做不完一张手抄报呢？以至于让您那么生气？现在想想，您逼着我完成手抄报，不正是您对我负责任的表现吗？让我在上学前做好作业，哪怕是一个字也要写好，不就是为了让我少挨一些批评吗？

　　您对我的爱不仅体现在认真地督促我学习方面，还体现在您对我的喜怒哀乐的关注上。那一次，学校合唱团刚发了一张乐谱就要考试唱，不合格就会被批评。因为我小时候只学了一段时间音乐，早已经不会识谱了。怎么办？怎么办？那两天我焦头烂额的，一会儿唉声叹气，一会又摔书摔本。细心的您观察到了，于是一个劲儿地询问我到底发生了什么事情，直到我告诉了您。当时您什么也没有说。第二天放学您来接我时，我还是满脸的忧虑。

　　没想到您掐了掐我的脸蛋儿，说："别愁眉苦脸的，跟我走吧！"说完就带着我去了学校对面的吉林艺术学院。原来您已经找了当年的师兄帮忙，为我安排了一个音乐系的大一学生当老师。经过一个小时的学习，我终于会唱那个谱子了。笑容浮现在我的脸上。临走的时候，您给了那位老师50元钱。看看，您不仅为我耗尽了精力、体力和心思，还付了学费。这一切只是为了让我在学校里过得开心！为了让我露出笑脸！

　　亲爱的妈妈，您为我的成长付出的辛苦我全知道，也记在了心底。我爱您，妈妈。相信我，我一定会回报您的！

您的小宝贝：女儿嘟嘟

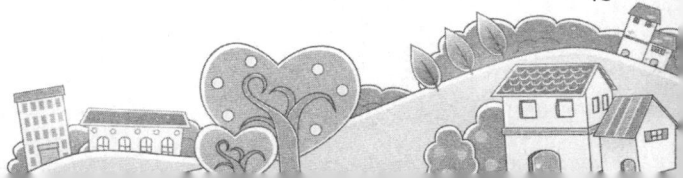

爱的延续

张思苏

在一个大雪纷飞的黄昏，乔在去找工作的途中帮助了一位老太太。老太太对他感激不尽，想付钱作为酬谢，却被乔拒绝了，乔说："如果你真想答谢我，就请你下次遇到需要帮助的人时也给予帮助，并且想起我。"

老太太走进了一家破旧的咖啡馆，为她服务的是一位身怀六甲的女侍者，她行动艰难，还忙来忙去地为老太太端茶送饭。老太太看出她需要帮助，想起乔的话，临走时她留下了一些钱，又留下一张纸条："在我困难的时候，有人帮助了我，现在请让我来帮你。"令人惊奇的是，那个女侍者正是乔的妻子。

这是一个感人的英国故事——《爱之链》。故事情节简单，却让人回味悠远。爱之链在人与人之间传递，温暖在人们心头涌流，有句古话说得好："赠人玫瑰，手留余香"。

生活中也不乏这样的故事。小表姐从小就住在我们家，爸妈对她很好，就像对我一样。他们把爱分成两份，外出旅游，总买双份的礼物；准备美味，总出炉两份儿；添置衣物，享受同样的待遇；表姐病了，大家一样急得团团转……

有时候，我甚至会嫉妒表姐她们。还记得小表姐上高中时寄宿在学校里，有一天晚上刮台风，下大雨，天有点冷，妈妈怕表姐被子不够，冒雨把被子送到了学校，回到家里，妈妈却成了落汤鸡。小表姐上大学了，又是妈妈亲自把她送到了学校。大表姐要结婚了，还是妈妈张罗买菜，亲自做菜……

为什么妈妈会付出这么多的爱给表姐她们呢？听妈妈说是为了回报那一份"爱"！小时候因为家里穷，作为长女的大姨妈被迫辍学劳动。妈妈上学时，外公长期卧病在床，是大姨妈时不时地接济，让妈妈完成了高中和大学的学业。妈妈说："宿舍里的被褥是姨妈送来的，食堂里称的米是姨夫送去的。"妈妈这样说着，眼里闪着晶莹的泪光。在我两岁那年，大姨妈因为胃癌过早去世，年幼的表姐她们失去了母爱。姨妈走了，留给妈妈的是一个沉甸甸的承诺："让我把爱延续。"

10年来，妈妈一直努力兑现着自己的诺言，不让爱之链在她手中失落。在爱的付出中，妈妈也收获着爱的惊喜。妈妈让我懂得了爱的含义，她也收获了另一个"女儿"的爱。

妈妈，是一片湖

扬　娜

同学们：

　　大家好！

　　我演讲的题目是：妈妈，是一片湖。

　　湖，碧水青天。

　　湖，清澈潋滟。

　　妈妈，是一片湖。

　　妈妈是湖，我是鱼，湖哺育了鱼。

　　妈妈站着是一条急流奔腾的瀑布，像一匹高高挂在云天上的白绸；妈妈躺着是一条流水潺潺的小溪，像闪闪发光的流动的水晶在阳光下闪烁那耀眼的光芒。我爱温柔体贴的妈妈。妈妈是湖，我是鱼，在妈妈温暖的怀抱里自由地游。

　　妈妈很爱我，爱得体贴，爱得实在，就像湖哺育着小鱼，将香甜的食物及那源源不断的爱输送给我，让我长得更健壮，更美丽！

　　妈妈是湖，我是鱼，湖是鱼的教练。

　　妈妈从不打骂我，也决不迁就我。学骑车时，跌倒了，我不耐烦时，妈妈总是语重心长地对我说："孩子没事，摔倒再爬起来，记住，坚持就是胜利啊！"当我和同学闹小别扭与同学斤斤计较时，妈妈就会教育我宽容待人，用宽广的胸怀教育我不再小心眼。

　　妈妈是湖，我是鱼，湖熏陶着鱼。

　　妈妈的话语很简练，但却清楚明了，你听：孩子，你要做一条有价值的鱼，要去游遍世界，并且长成祖国的栋梁之材啊！妈妈是一个温柔善良的人，从小就教我要拥有爱，感悟爱，用爱去对待每个人。妈妈就是这样，以她火热的心带领我从今天走向明天，从幼稚走向成熟，妈妈的性格造就了我的性格。

妈妈是湖，我是鱼，湖是鱼的依托。

从我的婴儿时起，妈妈便成了我内心的支柱，我爱她，她是我心中唯一的明灯。是啊，妈妈虽没有像爸爸那样奉献给家庭那么多的金钱和物质，但她却奉献出了金钱买不到的东西——深情而充足的爱。妈妈的爱，将家庭凝成一个整体，失去了它，家便会失去生机。

妈妈是湖，我是鱼，湖关怀着鱼的成长。

朱自清忘不了父亲的背影，我忘不了母亲那"上善若水，水善利万物而不争"的品质。在她品德的培育下，我变成了一个心地清澈如水、胸怀宽容如海的女孩。如今，妈妈老了，但她那湖一般温柔无私的爱却仍旧如故。忘不了啊，母亲的品德，忘不了啊，母亲的关怀。

妈妈是湖，我是鱼，在鱼遇到风雨时，湖水悄然而至，给鱼慰藉和力量；在鱼疲惫和悲伤时，湖用它温暖的怀抱抚慰着鱼的心田；在鱼寒冷时，湖将自己封冻，让鱼的心灵温暖如春……

妈妈是湖，我是鱼。鱼，永远热爱着湖。我，永远永远热爱着妈妈。

谢谢大家！

妈妈的生日礼物

沈欢

妈妈是我成长的引路人，是我的第一位老师。妈妈的爱是一种力量，让我感到温暖；妈妈的爱是一种支持，给了我爱的港湾。妈妈时刻爱着我，而"黄香温席"的典故也让我学会了爱妈妈。

记得那是一个冬天的下午，那天正是妈妈的生日。妈妈吃过午饭向单位走去，我立刻拿出一沓彩色卡纸，好让自己快点儿做出一张全世界最美的贺卡，作为生日礼物送给妈妈。我把卡纸剪成长16厘米，宽10厘米的长方形，象征着妈妈的生日——1月16日。我又拿出了荧光笔，用最鲜艳的黄色，在封面上画了一只气宇轩昂的母鸡，后面还有一只年幼的小鸡。那仿佛是母鸡勇往直前，为小鸡排除一切困难，为小鸡开辟光明的前程，那不正像妈妈关心我一样吗？我在贺卡里面画了两幅画，第一幅，在雨中一个中年妇女拉着小女孩的手，伞遮住了小女孩整个身子，她自己却湿透了半个身子；第二幅，一个年轻的女孩蹲在地上，为一位50岁左右的妇女洗脚，那位妇女脸上充满了惬意。最后我在封面上刻了一个大红心，红心里面用笔写了一句"happy birthday to you"。我又在里面写了许多祝福语。

经过一个下午的努力，一张全世界独一无二的贺卡终于诞生了。正在我高兴之际，"吱呀"一声门开了，妈妈下班回来了，妈妈拖着疲倦的身体走进了家门，我立刻奔到妈妈面前，双手呈上那张宝贵的贺卡，并深情地说："妈妈！生日快乐！"妈妈用那饱经风霜的粗糙而温暖的双手接过贺卡，静静地看着，轻轻地翻开，她看着贺卡上的每一幅画，每一个字。一分钟，两分钟，三分钟过去了，妈妈注视着手中的贺卡，眼里噙满了泪花，妈妈什么也没说，只是紧紧地抱着我，抱了好久好久。

爱好似一个风筝，妈妈是线，我是风筝，线紧紧地牵着风筝，风筝也留恋地随风飘荡，我永远深爱着我的妈妈！

我们会担心你的

袁 浩

11月的一天，爸爸又喝了酒。爸爸喝酒后总是打我，我怕被爸爸打，所以就跑出去玩了。

后来我回家，看见家里没人，就在一边做作业。爸爸从外面回来了，奶奶也跟在后面。我以为爸爸要打我了，爸爸却什么也没说就躺在了床上。

到了半夜，爸爸觉得身体特别难受，就让奶奶跟着他去医院看一看，可没想到的是爸爸这一走就是一个半月。

第二天，我才从姑姑那里得知，爸爸竟然被诊断出5根胸骨断裂，外加膀胱大出血。原来，那天爸爸骑着摩托车找我，在车上睡着了，结果被撞了。我深感意外，没想到事情会这么严重。早知道我就不跑了，我情愿被打一顿，也不愿让爸爸受这份苦。

寒假到了，我被姑姑叫去看望爸爸，当我来到医院看见爸爸的样子，感到特别伤心。因为爸爸身上绑着绷带，动都动不了，上个洗手间都要奶奶和我扶着走。有时他疼得连饭也吃不下，只能一直躺在床上。

我在医院里待得时间长了，觉得没劲，就自己一个人坐公共汽车回家了。可是第二天我回到医院，奶奶就批评我说："你这臭小子怎么一天不回来，说，去哪儿了？"

我小声回答道："我只是回家待了一天。"

奶奶说："一天？你快把我急疯了！"

爸爸却在一边说："以后要是出去玩，提前和家里人说一声，不然我们会担心的。"就是听了爸爸的这一句话，我才明白爸爸是那样地关心我、爱护我。

后来，在我一个人跑出去玩的时候，总是不经意地想起爸爸说的那句话，于是过一段时间就跑回去跟家里人说一声。

"以后要是出去玩，提前给家里人说一声，不然我们会担心的。"我会永远记住爸爸的这句话。

父爱如山

杨 澳

有一句话说，父爱如山，在小时候，父母的爱，我们或许不理解，但是在我们现在的年龄，完全可以读懂父母对我们的爱，父亲的爱似大山般伟大，那种关爱让我感到好幸福。

我的父亲对我十分关心。他很有幽默感，他每天都很快乐。我的父亲对我也很关心，他今天去超市买菜时，想起我说要吃荔枝，可是，怎么也没有找到荔枝，于是便买了一种叫毛丹的水果，因为服务员说这种水果的味道与荔枝很像。老爸又给我买了火龙果。回家后，我品尝了那种叫毛丹的水果，一口咬下去，"啊！我的牙啊，这毛丹怎么这么酸？"但是过了一会儿，嘴里就有一种甜甜的味道，等我再吃毛丹时，一小口一小口地咬，才发觉也并不是那么酸的，而且还有一些甜。我吃了一个又一个。我感到那一颗颗毛丹不单单是一种水果，更是父亲对我无微不至的关爱。我的父亲对我的爱好似那大山一样深沉。

为什么人们都说父亲不善于表达？是因为父亲的沉默？还是因为父亲对我们的爱不愿意让我们发觉？我百思不得其解，但我能体会到那种父爱如山的感觉！

妈妈，我爱你

徐　昀

这几天，我和妈妈闹别扭，谁也不理谁。甚至对爸爸也冷冰冰的，弄得爸爸莫名其妙。我和妈妈的关系更是雪上加霜。

正生着闷气写作业呢，妈妈忽然推门而进，把散发着悠香热气的牛奶放在写字桌上，随后关上门，轻轻地走了出去。我看着眼前这杯热气腾腾的牛奶，眼睛不禁有些湿润。思绪不由自主地飘到那件令我刻骨铭心的事情。

记忆时光倒退到几年前的一个冬夜。我一边泡脚一边捧着书专心致志地阅读。水有些凉，妈妈提起热水瓶，准备加一些热水，妈妈说："宝贝，把脚抬起来，加热水了。"我正看得入迷，哪里还听得见别人说话？妈妈手上提的热水瓶很重，忽然，水瓶一斜，"哗——"热水全浇在了我的脚上，"啊——"凄厉的一声惨叫，脚背霎时间变得通红，随之而来的是钻心的疼痛。灯光下，能清楚地看到右脚脚背烫破了一层皮……

临睡前，妈妈在薄薄的面纸巾上涂了一层药，然后用纱布细心地将我的脚包扎好，为我盖上被子，轻轻地离开房间。脚上的疼痛折磨得我辗转反侧。这时，我隐隐约约看见一个黑影悄声无息地走进房间，为我那疼得火辣辣的脚扇风。慢慢地，我进入了梦乡……早上起来，妈妈眼睛里似乎有些血丝，嗓音也变得有些沙哑。肯定是熬夜为我扇风了，看着妈妈，难过、心疼一下涌上心头，心里就像打翻了五味瓶，不知是什么滋味……

一种晶亮的液体模糊了我的眼眶，瞬间背叛泪腺，"啪"地打湿了我的作业本。这滴背井离乡的眼泪，把我从几年前的时光里拉了回来……

晚上睡觉前，我轻轻地走到妈妈床边，吻了一下妈妈，轻声说："我爱你……"

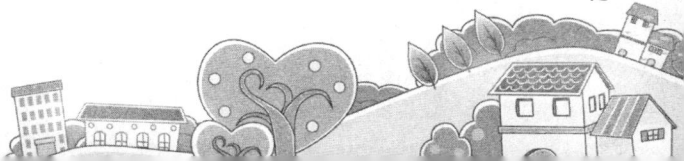

童年印象

蔡雨桐

小木床

高高的护栏，淡蓝色的床身，床头随风摇曳、叮咚作响的风铃，伴随我开始了人生的旅程。清晨的第一缕阳光透过玻璃窗暖暖地照在我熟睡的脸上，"哇哇"的啼哭声吹响了我向新的一天进发的号角。听着小象咚咚的鼓声，握着奶瓶惬意地吸吮，在小小的床上翻身打滚，在毛毛熊嘲笑的眼光中一次次地摔倒，一次次地爬起。

终于，可以站立了，迎接我的是另一个天地。

学步车

蹒跚中，开始了人生的第一步，一切是那么激动，那么令人欣喜。可以离开爸爸妈妈的怀抱了，站在蓝天下，才发觉自己是多么的小。小草是那么的粗壮，还有巨大的树木，连小猫小狗在我眼中都是庞然大物。一切都是那么的新鲜，推着自己的小车，不知疲倦地奔跑，给小狗化装，让小猫跳舞，和蝴蝶嬉戏。脚步变得越来越灵活，身体也变得越来越强壮。

于是，小小的童车容不下我了。

风 筝

开始有梦想了。在嫩绿的草地上放飞了自己人生的第一个风筝，那是由十几个小风筝组成的一个长长的风筝。每一个小风筝上都写满了我的心愿，像小鸟一样自由地飞翔，像白云一样无拘无束地飘荡……让丝线带去对蓝天的问候吧！用爱去体会温暖的阳光，用心去聆听风的低语。无数次地对自己说，快快长大吧，到时候就可以像风筝一样去飞翔……

时光荏苒，虽然我已经是懵懂的少年，但童年的印象却从不曾磨灭，它永远深埋在我的心底。

第二部分　爱与梦的旅行

晨霭中的"马路天使"

张裕加

　　"唰唰——"下雨了吗？循着声音，轻轻拉开窗帘。没有雨滴飘落的痕迹，我又抱起被子上床睡觉。

　　"唰唰——"，又重新响起了这样的声音。我看了一下手表，时针定格在早上5点。

　　带着疑惑，我困倦地拉开窗帘。公路旁朦胧的晨色中有一个模糊的身影，那是一位女清洁工人。原来，那个声音是这样发出的呀。

　　伴着"唰唰"的声响越来越近，那位清洁工阿姨的面容逐渐清晰了：宽大的反光服罩住她单薄的身子；盘起的发髻下，一张黑黄的瘦长脸颊，可以想到，抱着扫把的双手也一定是十分粗糙的。此刻，我的心被猛地震了一下。这就是被都市人常常熟视无睹的"马路天使"啊！

　　虽说是清晨，晨霭还没完全散去，但是依然有车从这位阿姨身旁掠过。她吸入了多少尾气啊！似乎比路旁一排排树木还要多。这是很多人不喜欢的工作。的确，微薄的收入，繁重的体力活，不安全的马路隐患，也许，一条马路扫下来，人已经疲倦不堪，而且自己也成为"吸尘器"了。

　　转眼，她已经来到了我们楼下，很卖力地一步一扫，动作十分熟练，还不时地用袖子擦拭脸颊上的汗珠。扫把所过之处，干净而整洁。马路上凝结着她劳动的"结晶"。她的反光服很明显有了破损之处。但她不舍得更换，看来，她在这个岗位上已经默默工作了很长时间。

　　这位"马路天使"尽职尽责，不辞辛苦的奉献精神，让我肃然起敬。

　　我知道，在不引人注意的角落，还有很多很多的"马路天使"，他们和她一样，默默辛勤地劳动着、奉献着，用爱心为我们创造了一份温馨、整洁的美好环境。

　　在我心里，"马路天使"的工作，即便像雨点一样平常，但却比黄金还要有分量。

学会说话

朱 琳

三年级的暑假，我和妈妈去姥姥家，姥姥一看我来了，便下厨房亲手做了我最喜欢吃的红烧鱼。看到上面飘着绿绿香菜的红烧鱼端上来，我的涎水马上下来了，嘴巴甜甜地说了一句："姥姥，谢谢您！你做的红烧鱼一定很好吃。"姥姥笑得合不拢嘴，说："孙女，那你就多吃点儿。"我马上夹了一大块，放到嘴里，突然大叫一声："姥姥，这鱼太咸了，没有您以前做得好吃。"妈妈狠狠地踩了我一脚，我也不知道怎么回事，便大声地叫道："妈，您踩我干什么呀，鱼就是咸嘛！"姥姥的笑容僵住了，连忙把鱼拿下去重新处理了一下。再端上来的时候，姥姥说："老了，盐量也掌握不好了。"

回到家，妈妈对我说，说话的目的是让人接受你的意见，但要注意说话的后果。有些话说了可能会伤到人。你看今天在姥姥家，姥姥很辛苦给你烧鱼，虽然咸了，但你说话的语气，有指责别人的感觉，姥姥会伤心的。以后要注意这些，你看一起吃饭的大姨家的姐姐怎么没有说呢，你这样说话，别人认为你不体谅老人。

我回想在姥姥家的一幕：真的，姥姥把鱼拿下去的时候也许不是伤心，但表情是有点不自然，大姨家的表姐看我的眼神怪怪的，我的脸红了。想想，今天我真的说错话了！

从那以后，我说话的时候，先想到妈妈的教育，再用大脑考虑一下，努力把话讲得礼貌。说不好的时候，妈妈就悄悄提醒我，我也学会了反思自己……

现在，挑剔的妈妈都夸我是一个会说话的孩子，老师也夸我说话得体，同学们越来越喜欢我，说我改正了原来说话噎人的毛病，大家还推选我当"文明标兵"呢！

被人称赞的感觉真好！妈妈脸上绽开了笑容，出门前再也不用千叮咛万嘱咐了。

第二部分 爱与梦的旅行

一枚温情硬币

王姗姗

星期天的上午，我正在家里做作业，隐隐约约地听见窗外传来一阵阵叫卖声："冰糖葫芦，又酸又甜的冰糖葫芦。"不一会儿，阿婆沙哑的叫喊声渐渐地近了。

我推开窗子放眼望去，看见阿婆正站在离我家最近的巷口叫卖。七八个馋嘴的孩子"呼啦"一下围上去，争先恐后地挑着光鲜红润的糖葫芦，然后津津有味地舔着……看着他们那副美滋滋的样子，我的口水都要流出来了。一串串又红又大的糖葫芦把我肚子里的馋虫唤醒了，我再也没有心思做作业了。于是，从储钱罐里取出一元硬币，急急忙忙地向门外跑去。

走到拐弯处，我发现有一个大约八九岁的小男孩正弯着腰，急切地拨着草丛，似乎在寻找着什么。他的额头上布满了密密麻麻的汗珠，清澈的眸子里噙满了泪水。见他心急如焚的样子，我走上前，关切地问："小弟弟，你在找什么？"他闻声抬起头，说："奶奶病了，没有人照顾，我想用妈妈给我买本子的钱买一个冰糖葫芦给她吃，可是……"话还没说完，他就忍不住"嘤嘤"地哭起来。我连忙安慰道："别急，我帮你找。"于是，我和他一起蹲在路边的草丛里细细地找着，可是找了老半天也没有找到。

眼看阿婆的糖葫芦快要卖完了，小弟弟着急地站在原地直跺脚。无意中我的手触摸到口袋里的那枚硬币，便灵机一动，趁那个小男孩不注意，掏出硬币放在路边的一块大石头旁，然后假装找到了，高兴地冲着他大喊："看，钱在那儿！"小男孩眼睛一亮，快步走向前捡起硬币，脸上乐开了花。

我们拉着手蹦蹦跳跳地向着阿婆那边跑去。小男孩十分细心地挑了一串又红又大的糖葫芦，和蔼的阿婆乐呵呵地用袋子裹好。谢过之后，他一溜烟向奶奶家奔去，留下一串串清脆的笑声……

虽然我没有吃到可口的糖葫芦，但是我的心里比蜜还甜。我想，小男孩的奶奶吃了那串酸中带甜的糖葫芦后，病一定会好起来的。

爱如枣茶

陈晓语

雨，静静地下着，"滴答滴答"的声音直入我的耳膜，我坐在书桌前，写着作业。天气这么冷，每写一个字都十分困难，每个字都歪歪扭扭的，它们仿佛也在抱怨天气太冷。我将手在裤子上来回摩擦着，还哈着气试图取暖，但都无济于事。

雨，继续毫无休止地下着，我依然在与寒冷抗争。这时，门"吱呀"一声开了，一阵很熟悉的脚步声渐渐传来。我回头一看，原来是妈妈。她将取暖器推进我的房间，向我这边走来。她一手搭在我的肩膀上，一手将一杯热气腾腾的枣茶递到了我的面前。她关切地问："很冷吧？我刚帮你泡了一杯枣茶，很驱寒呢！快喝了吧！"说完，便紧紧握住我的手，叫道："哎呀！手怎么这么冷？快，我来帮你暖暖手！"听着这一句句简单而朴素的话语，有一股暖流直涌我的心头，我感到鼻子酸酸的，有一种说不出的感觉，整个人好像走入了一片花海之中，阳光万分明媚。

雨，越下越大，在我心中，却是一片光明。我已经不感觉冷了。枣茶升起的雾气袅袅进入我心，它似乎不再是一杯枣茶了，它已将妈妈对我的那浓浓的爱蕴藏其中。妈妈转身打开取暖器，走到门口，回头对我说："你也别熬得太晚，对身体不好，早点休息啊！"她说完轻轻关上了门，脚步声也渐渐远去。但妈妈对我说的每一句话都在我的小房间里久久回响，那些不经意的话语，那些简单的动作，那些朴实的眼神，在现在看来，都是那么的不平凡，那么的浓郁，那么的深沉，那么的令人回味。这个雨天已经不再潮湿，而是另有一番光彩。有人说，世界上没有永恒的爱，我却说，不，母爱是我心中的一颗永不泯灭的星辰！

雨，犹如调皮的孩子在天空中久久不肯离去，似乎还没有玩够。在星光下，我泪眼蒙眬……

069

第二部分 爱与梦的旅行

谢谢您，妈妈

朱晓暲

妈妈，快到母亲节了，您记得吗？不，您不记得，您只记得我的生日。妈妈，谢谢您！谢谢您对我12年来的精心照顾。

妈妈，您还记得那个雨天吗？泥泞的小路上，一对母女，一把伞，母亲那边是乌云密布的天，女孩这边是完完整整的伞，风大了，雨密了，母亲把女孩搂得更紧了。

妈妈，您还记得那个生病的女孩吗？母亲为女孩煎了中药，女孩嫌苦，不想喝，还把新买的皮鞋踢坏了。母亲是个急性子，而母亲却耐着性子哄着女孩一口一口地把药喝完。吃饭时，女孩犯倔，母亲就变着花样做女孩爱吃的。女孩爱吃的就不代表母亲不爱吃，而母亲却吃得很少，还不时地问女孩够不够，女孩有些不耐烦了，而母亲依然唠叨着她对女孩的那份爱。

妈妈，您还记得女儿第一次吃猪蹄吗？我吃了一块猪皮，觉得不好吃，就要吐，母亲赶紧用手接住，上面沾满了女孩的唾液，母亲想都没想就塞进了自己的嘴里。也许，只有母亲才会这样做吧。

妈妈，您知道吗？这样的事还有很多。但这对母女始终会发生争执。女孩不断地和母亲顶嘴，母亲气急的时候也会打女孩，女孩哭了，但到了最后，母亲又把女孩抱到怀里给女孩擦眼泪，向女孩道歉。

妈妈，现在那个女孩长大了，懂事了，她知道自己错了，很愧疚，很后悔。女孩下定决心，不任性了，不和母亲顶嘴了，她要好好地谢谢母亲，报答母亲。

妈妈，那个任性的女孩——您的宝贝女儿，永远地爱您！

红 包 情

陈佳怡

过年了，每个孩子最过瘾的事就是收红包，每当自己的口袋鼓起来，既可以当一个小富翁，还可以把自己当一个小银行。大家一有时间凑在一起，便会彼此炫耀自己有多少压岁钱。记得爸爸妈妈曾经说过："我们收到多少压岁钱，咱们就要给出多少钱。"虽然是这样，但还是不亦乐乎。可是，有那样一份红包使我既开心，但又心疼，那就是外婆的红包。

外婆已经八十多岁了，每一年过年回家，外婆总是满颜欢喜，为我们忙前忙后。小时候，我在外婆身边长大，自然我也就成了外婆最亲近的人，外婆总是疼我胜过其他的兄弟姐妹，每年的压岁钱也总是给我最多。

每当收到压岁钱，我就想到外婆只有早些年攒下的那点积蓄，对于自己，她总是很勤俭，有时，一顿早饭可当三餐来吃，而外公在我没出生时就去世了，她一个人在老家度过了一个又一个春秋。可对于压岁钱，她却一点也不含糊。每次我不要时，外婆就会摆起生气的面孔命令我收下。

今年，因为要比赛，我不能回老家过年了。除夕的晚上，妈妈拿出一个红包对我说："佳怡，这是外婆寄给你的压岁钱。"我惊讶了！打开红包，里面有一张100元外加上几张10元的。刹那间，一种说不出的感觉涌上心头，拿起电话，拨通外婆的电话。

"喂，外婆！""哎，佳怡。"

"您干吗大老远的还要寄钱过来，自己留着用呀！"

"外婆不能为你做什么，这是给你的压岁钱，就这么点，留着买好吃的。"

一时间，我的喉咙好像是被什么哽住了，什么也说不出……

这是一份什么样的感情，我们都应该知道，如果你留心身边，你会发现长辈对我们做的每一件事，都带着她们对我们的浓浓的爱，无法衡量的爱。

我总也忘不了那句话

曹敏竹

我家屋后有一棵枝繁叶茂的梧桐树，它是我亲手栽种的，那时候我才8岁，是一个非常贪玩、不爱学习的孩子。在学校里，同学们笑我是"笨驴"，老师们说我脑瓜子还没有开窍，我在学习上一直是个"门外汉"。

在那个阳光灿烂的春天的早晨，爸爸从河岸边挖了一棵梧桐树苗回家，发动我跟他一起将梧桐树苗栽在了屋后的空地里。

我不懂爸爸为什么让我栽下这棵梧桐树苗。日子就这样一天天过去了，小梧桐在一天天地成长，而我，也一直在玩闹中度过。

有一天下午，我在树下放烟花玩，一不小心火星溅落到邻居家晒在外面的被子上，烧了一个大窟窿。妈妈忍无可忍，一气之下凶神恶煞般地将我赶出了家门。

我默默地来到小梧桐身旁，就在这个时候，我猛然发现小梧桐竟然比我高出了一大截，先前还是两三尺来高的小树苗，不知何时吮吸着天然的雨露，经受着岁月的风霜，竟生长得非常挺拔。

这时候，爸爸也来到了我的身边，看着我惊诧不已的表情，他轻柔地拍着我的肩膀，语重心长地说："孩子啊，树犹如此，人何以堪？你可不能再贪玩了，一定要以小梧桐为榜样，珍惜时间，好好用功学习哦！"

夕阳洒在我的脸上，听着爸爸的一席话，刹那间，我想起了我的过去，我终于知道自己错了，小梧桐那种积极向上的精神让我感到无比的惭愧。

从那以后，我不再像以前那样贪玩了，一切都改变了许多。多亏了小梧桐，是它让我长大了，是它把我带进了知识的殿堂。渐渐地，我也明白了爸爸对我的一片苦心。"树犹如此，人何以堪？"我想，这句话，我永远也忘不了。

友情是一首歌

岳　妍

今天，我读了《生命的药方》一文，深受感动。我从中真正体会到了友情的可贵：德诺虽然离我们远去，但他们这份伟大的友情、对待朋友的真诚是我们期盼的精神财富。

《生命的药方》主要讲述了德诺10岁那年因病输血，不幸染上艾滋病，伙伴们大多躲着他，只有大他4岁的艾迪一如既往地跟他玩耍。一个偶然的机会，艾迪在杂志上看到一则消息：新奥尔良的费医生找到能治疗艾滋病的植物。当天夜晚，艾迪带着德诺，踏上了去新奥尔良的路途。可是因德诺病情恶化，他们不得不放弃计划。艾迪一直陪伴着德诺，直到德诺生命终结。读完这个故事，我不禁眼眶湿润，我为德诺有这样的朋友而感到庆幸。

生活中，我也有这样让我感动的朋友，这份真诚的友情，带给我的是幸福。

每当我摔倒时，我的好朋友便会来扶我起来，为我拍去身上的尘土，并问我疼不疼？每当我作文成功发表时，我的好朋友便会来祝贺我，似乎我的成功便是她们的快乐！每当我考砸时，我的好朋友便会来安慰和鼓励我，为我擦去眼角的泪花；每当我丢东西时，我的好朋友便会不请自来地帮我寻找，似乎丢东西的是他而不是我，还安慰我别着急……这难道不是一种真正的友情吗？这种友情怎能不让我感动？

友情，是寒冷时的一把火焰，为我驱寒取暖；友情，是黑暗中的一盏指明灯，为我指明方向；友情，是烦恼时的一把梳子，为我梳去烦恼。友情是首歌，友情是生命之花，让我们的友情之花永远绽放吧！

073

第二部分　爱与梦的旅行

母 爱

余 果

　　我曾看过一个电视片，讲的是鳄鱼妈妈怎么关爱小鳄鱼的故事。鳄鱼以前给人留下的都是非常凶残的印象，这个电视片让我改变了看法。

　　一只鳄鱼妈妈领着一大群小鳄鱼生活在小河边。里面有它自己的孩子，还有别人的。当干旱来临，河里的水越来越少，有些小鳄鱼干死了，鳄鱼妈妈决定带着剩下的小鳄鱼转移。

　　小鳄鱼们排着长队向前爬行，有的小鳄鱼不久筋疲力尽，慢慢掉队了。鳄鱼妈妈每隔一段时间就停止爬行，一动不动——原来它是在等掉队的小鳄鱼。掉队的小鳄鱼知道妈妈在等它，便会使出全力向前爬，慢慢跟上队伍。当所有的小鳄鱼一只只从眼前爬过，鳄鱼妈妈才放心。

　　这次爬行的路非常遥远，对于小鳄鱼宝宝们简直是一场"马拉松"。当鳄鱼妈妈和它的宝宝们终于来到一条水量充足的大河，我真为它们感到高兴！

　　我听说，鳄鱼是一种冷血动物，可是鳄鱼妈妈博大的母爱足以证明它并不"冷血"！

照片的故事

黄 聪

在我家的相册里，珍藏着一张老照片。照片上，有一位慈眉善目的老人端坐在木椅上。她，就是我外婆。眨眼，外婆已经离开我3年了。

听妈妈说，在我半岁的时候，由于她要上班，便打算把外婆接来同住，顺便照顾我。可是，大舅突然出了车祸，去世了。一夜之间，外婆的头发全白了。虽然外婆很伤心，可当妈妈将我留下时，她还是很细心地照顾我。我却不知好歹，仍旧哭闹不已。为了哄我入睡，外婆整晚抱着我在房里溜达。

5岁时，外婆带我去花园玩。谁知，我趁她不注意，偷偷跑掉了。庆幸的是，我在路上碰到了警察叔叔。当警察叔叔将我完好无损地送回家时，外婆紧紧地搂住我，哭得像个孩子。从那天起，只要出门，外婆便紧紧地拉住我的小手，一刻也不肯松开。

7岁时，有一天清早，外婆发现眼睛有些模糊。当时，妈妈急着送我去学校，也没在意。妈妈回家后，见外婆正摸索着找牙膏，一不小心把杯子摔坏了。妈妈吓坏了，赶紧叫车将外婆送到了医院。经过检查，医生说，外婆得了脑梗死，指导语言功能的脑细胞坏死了三分之一。以后，她只能像一个刚满周岁的孩子一样，说单个的字了。

调理了一年后，外婆终于可以说一些简单的话了。隔年春节，外婆去检查身体，发现病情好了很多。她怕花钱，便背着家人悄悄停药了。谁知，不久又发病了。这一次，外婆没能挺过去。

外婆临终前，妈妈带我去见她最后一面。在病床上，外婆脸色苍白，久久地注视着我，眼神里充满了悲伤和留恋。可是，当时我太不懂事了。见外婆骨瘦如柴，我竟然吓得撒腿就跑。

我很后悔。外婆那么疼我，在她临终前，我却没有给她一丝安慰。也许，当时我只要轻轻握住她的手，或者，对她笑一笑，外婆就会了无遗憾地离开这个世界。可是，我再也没有机会弥补了。

让爱走进心灵

曹甄莹

在校园中，有许许多多的爱，它犹如蜂蜜一般甜润，犹如阳光一般温暖人心。这种爱早已走进了我们的心灵，每每回想起我们同学之间那绵绵的爱意，都让我的心灵涌动着浓浓的情谊。

那是一个阳光明媚的中午，我和姚雨婷等三位同学一起在教室门口玩耍，正当我们玩得开心时，忽然，姚雨婷脚下一滑，一下摔倒，头部正好撞到门前的水桶上，顿时鲜血直流。姚雨婷"哇"的一声哭了出来，直喊疼。一时间，我们被这突如其来的事情吓得不知所措。慌乱中，我急中生智，急忙与同学扶起她去了医务室。到达后校医急忙将她接进了处置室，而我们则怀着忐忑不安的心情在医务室外等着姚雨婷出来。10分钟过去了，时间仿佛像凝固了一样，我们都像热锅上的蚂蚁——急得团团转。近20分钟后，姚雨婷终于从医务室出来，她头上缠着纱布，像一位受伤的战士一般，我们像久别重逢的战友紧紧地拥抱在一起。我们关切地询问着。还好没有大碍，我们紧绷的心也慢慢地舒展了。

"丁零零"，上课铃响了，一切又都恢复了往日的平静，教室里又传出了朗朗的读书声，但在这朗朗的读书声里，我真切地听见大家比以前读得更洪亮、更整齐、更动听，仿佛在我们这个大家庭里，每个同学都像一只沐浴着幸福阳光的百灵鸟在同奏一首爱的赞歌。

在这个爱的大家庭中，爱的真情何止一次，爱的真情仍在延续……

第三部分

五味童话煲

　　冬天到了，大雪覆盖了整个大地。蚂蚱来到一家又一家，可谁也不愿意把食物卖给他。他走到蚂蚁家门口，看到里面是一片欢乐的海洋：干杯、烤土豆、喝蜜汁……蚂蚱先生着急地敲了敲门。可蚂蚁们谁也没理他，蚂蚁皇后说："只有劳动者才可以和我们一同生活。我们不欢迎金钱的崇拜者。"

——魏震《劳动与金钱》

杰克的幸福生活

冯方舟

清晨，一丝晨光打破了夜晚的寂静，柔和而温暖的阳光射进了我的洞穴。

我睁开蒙眬的睡眼，伸了个懒腰。我叫杰克，是一只聪明可爱的小老鼠。听，"今天要大扫除，你去买些杀毒剂来。"女主人讲道。我的天，完了，我最讨厌干净，看来得搬家了。我背着小包袱离开了家，四处寻找着适合我的地方……

又一个清晨，浓浓的香味"叫"醒了我，今天又是一个美丽幸福的日子。以前人人都说"老鼠过街人人喊打"，可如今我的生活可不再用提心吊胆了，而是用"幸福"二字来概括了。你们闻，凭直觉我就知道，这又是一顿"大餐"。顺着香气来到这家厨房，看着锅里的米饭和大块的肉骨头，我直流口水。可这时却听这家的"小主人"说："妈妈，我不想吃这玩意儿，我想吃巧克力。"他妈妈随即说："保姆，那就把这些倒掉吧！"

"哗啦啦"，那些饭菜被倒掉了。没关系，他们人类吃不到，可我能吃到。我跑到垃圾桶里"大开吃戒"……我之所以能过上如此幸福的生活，都是因为你们人类的"帮助"，你们不仅爱吃速成与即食食品，还经常乱丢弃食物，这些，都可以让我们吃饱喝足，更好地繁衍后代。

自从宠物受到人们的青睐后，可恨的老猫也几乎改行了，它们整天就知道吃、喝、睡。什么？你说蛇？哈哈，没事，它们都被笼子锁着呢，"蛇老兄，你以前吃了我不少兄弟姐妹，如今报应来了！人类要把你们做成美味佳肴，你们完啦！"

天色渐渐暗了下来，该回家了。那是什么？我的天，是猫头鹰！完了，只能拼命了，"砰"，猫头鹰竟然落地了，哪来的枪声？原来又是人类，他们要拿猫头鹰去换钱。

忙活了一天，我很快就睡着了。梦中，我成了世界的主人，高大无比，人见人怕，哈哈哈……

快乐岛的魔咒

刘 博

半年前，吉姆的哥哥吉森破产了。从此，他每天借酒消愁。

一天，吉森兴奋说："吉姆，我找到遗忘过去的方法了！"说罢，便匆匆出了门。谁知，他从此销声匿迹。一天，吉姆在吉森的枕头下发现了一张报纸，在报纸的夹缝中有一个广告："给我3分钟，你将忘记所有的痛苦回忆。"上面，吉森用红笔圈了圈。

第二天清早，吉姆拿着报纸找到了那个巫师。吉姆诚恳地说："求求你，让我忘掉痛苦的过去吧。"巫师点了点头，让吉姆坐下来，然后用红布蒙住了他的眼睛。很快吉姆闻到了一股香味。巫师的嘴里念念有词："在遥远的地方，有个美丽的快乐岛……"3分钟后，香味渐渐消失了。吉姆一动不动，悄声无息地趴在桌子上。3小时后，吉姆被扔在一个四面环海的小岛上。

吉姆解开了眼前的红布，原来，这里是一个天然的金矿。远处，一群囚犯正在不停地忙碌。奇怪的是囚犯脸上都带着笑容，他们目光空洞，谁也不搭理谁。吉姆明白了他们都中了巫师的魔咒。怪不得虽然只有三个监工看守却井然有序。

在一块岩石后面吉姆终于发现了吉森。吉姆惊喜地喊道："哥哥，你果然在这里！"谁知，吉森茫然地望着他，一声也不吭。原来这里的人都失去了记忆。晚上，吉姆跟吉森讲起了许多童年往事，可是吉森一直无动于衷。

吉姆决定孤注一掷。在海边，吉姆深情地对吉森说："哥哥，看着我！"说罢，他开始猛扇自己的耳光。但吉森只会一个劲儿地傻笑。吉姆绝望了，不禁号啕大哭。

这时，吉森上前沾了一滴吉姆脸上的泪水，下意识地抹在自己的眼角。突然，吉森说话了："弟弟，你怎么会在这里？"原来破除魔咒的方法，竟是一滴晶莹的眼泪。

　　很快，他们用眼泪救醒了所有的囚犯，囚犯们制服了三个监工。众人乘着帆船，欢呼雀跃地离开了快乐岛。上岸后吉姆报了警，巫师束手就擒。原来巫师的真正身份是矿厂老板。那香味是一种特殊的化学剂，它能麻痹人的神经，让人始终处于兴奋状态。

　　后来吉森惊异地问："吉姆你为什么没有中招？"吉姆笑了："哥哥，我可是游泳健将啊，能在水里憋气5分钟。当香味弥漫时，我偷偷屏住了呼吸。然后假装晕倒。不过人生本来就充满了悲和喜。不管什么滋味，美好的，痛苦的，那都是生活的味道。所以，我们都要坦然面对！"那一刻，吉森终于释然了。

　　若干年后，吉森凭着自己的努力，终于东山再起。

太空健身房

李嘉懿

"我们星球太冷了，真羡慕人家火星人，一年四季都是夏天。" "是啊，咱们这儿就是冷，前几天我孙子都感冒了，要是有个既暖和又可以保持体质的地方就好了，我就'烧高香'啦！"

2060年，我已经是中国的慈善家了，刚才我在水星研究基地中心听到了两个水星人的对话，心里觉得应该帮助他们，我灵机一动，我想办个"太空健身房"，现在地球人天天大鱼大肉地吃，无论男女老少都很胖，每天健身都要花费许多精力和人民币，如果开办个"太空健身房"，不但地球人能健身，水星人的难题也解决了！

2061年太空健身房正式开工，拨款100万宇元（宇宙中通用的钱）请各个星球的人民建筑它。又过了一年，太空健身房在F-4209号小行星上竣工，它可以容纳上兆人，健身设备也很多，这个健身房逐渐在宇宙中小有名气，慢慢地又开了很多家分店。

太空健身房生意兴隆红火，我还专门请了几位大明星做广告，让各个星球上的人知道它的存在。因此，电视上又多了这样一个广告：太空健身房，宇宙健身首选，宇宙人都知道！

此后，地球人和水星人成了太空健身房的"回头客"，地球小伙子健身，肥肉全变成了强悍的肌肉，女人全变成了窈窕的身材，水星人也不怕冷了，变得像火星上的人一样，身上热乎乎的。

又过了很多年，全宇宙几乎没有不健康的人了，雅典娜，普罗米修斯、宙斯也过来健身了！

秘　密

张琳娜

在森林中，狐狸垂涎刺猬的美味很久了，但一直苦于刺猬的一身硬刺——只要狐狸一靠近，刺猬便蜷成一个大刺球，让狐狸一点办法都没有。

刺猬和乌鸦是好朋友。一天，刺猬和乌鸦聊天，乌鸦很羡慕刺猬有这么好的"铠甲"，便说："朋友，你的这一身铠甲真是好啊，就连狐狸都没办法。"刺猬经不起乌鸦的吹捧，忍不住对乌鸦说："其实，我的铠甲也不是没有弱点。当我全身蜷起时，在腹部还有一个小眼儿不能完全蜷起。如果朝着这个眼儿吹气的话，我受不了痒，就会打开身体。"乌鸦听了不禁惊诧，原来刺猬还有这样一个秘密。刺猬说完后，对乌鸦说："我这个秘密只跟你说了，你可千万要替我保密，传出去要被狐狸知道了，那我就死定了。"乌鸦信誓旦旦地说："放心好了，你是我的好朋友，我怎么会出卖你呢？"

过了不久，乌鸦落在了狐狸的爪下。就在狐狸要吃掉乌鸦的时候，乌鸦突然想到了刺猬的秘密，便对狐狸说："狐狸大哥，听说你很想尝尝刺猬的美味，如果你放了我，我就告诉你刺猬的死穴。"狐狸眼珠子一转，便放了乌鸦，乌鸦便对狐狸说出了刺猬的秘密。

后果可想而知。在刺猬被狐狸咬住柔软的腹部时，它绝望地自言自语道："乌鸦啊，你答应替我保守秘密的，为什么出卖朋友呢？"

083

第三部分　五味童话煲

无 极

尹力力

如童话般美丽的雪国现在正面临着一场前所未有的灾难——大面积的积雪开始融化，那些供雪国人居住的冰上城市也在融化中渐渐下沉。整个雪国陷入了极度的恐慌之中，他们也许将面临家园毁灭的命运。

坤是雪国的一个矮人精灵，他擅长奔跑，据说有一次他在极速的奔跑中回到了过去。现在，雪国的国王命他再次穿越时空，找寻那场灾难的原因。坤奔跑了3天终于超越了光速，回到了过去。

因为现在的坤不属于过去的那个时空，所以他是隐形的。他见到了从前的雪国，那是他所熟悉的白茫茫的家乡，那种彻骨的寒冷令坤感到亲切，但现在他还不能尽情地去享受它。他急需做的是调查灾难的成因。坤来到了雪国国王的王宫，他看见大王子陪着小王子正在王宫的雪地上嬉戏，大王子笑着用魔法把小王子变成了一个雪人，然后一个巨大的鸟笼突然从天而降罩住了变成雪人的小王子，大王子哈哈大笑……

坤看见了变成雪人的小王子在巨大的鸟笼里不停地流泪，泪水慢慢地融化掉了整个雪场的雪，这时候大王子的脸变得狰狞了，他压低了声音说："父王最喜欢的人不会再是你了！因为你将永远在他的眼前消失……"

从此，小王子真的消失了，而大王子身边则多出了一个穿着黑袍子的奴隶，大王子称他为鬼。每当夜幕降临，这个叫作鬼的奴隶便开始诅咒整个雪国在融化中毁灭，怨气让这个现在叫作鬼的小王子变得仇视一切。

嫉妒与仇恨永远是灾难的起因，它们不会给任何人带来一点的好处，只有灾难。或者只有时光倒流才能化解嫉妒与仇恨，坤现在正努力让时间在他更快的奔跑中流转回去……

小马和小狗

张 悦

　　在大森林里，有一所漂亮的动物学校，每天都有很多小动物来这里上学。

　　小狗这个学生学习很差，上课不认真听讲，在底下吃零食，玩游戏机，叠纸飞机，还把纸飞机扔得满屋子都是。有一天，上课时小狗竟然扮成了"仙女"。小狗拿着纸团，天女散花似的撒着。它作业不认真写，还在作业本上画了一只乌龟。一天，羊老师对同学们说："明天就要考试了，这也是我们动物学校的第一次考试，大家今天一定要复习功课。明天要认真答卷，不能马虎，知道了吗？""知道了！"大家异口同声地回答道。小狗倒是装模作样地答应了，可实际呢？它连书都没有看一眼，更别说书中要求背的内容了。很快到了第二天，老师让白兔发下了试卷，小狗一道题也不会，只好瞎蒙。最后只得了个零蛋。羊老师为小狗的成绩十分苦恼，也找小狗谈过，可小狗非常坚定就是不听。

　　相反，动物学校里有一个非常优秀的学生，叫小马。小马的学习态度非常端正，无论是什么科目都那么认真，刻苦努力。每次考试，它都认真答卷，班里的第一名都是它的。羊老师让小狗向小马学习，做一个好学生，小狗还是不听，依然整天只想着玩。

　　过了许多年，小狗和小马的童年时代结束了，它们长大了。小狗到处找工作，可是大家都不聘用它。它想自己创业，可又没什么本领。就这样，小狗一事无成被社会淘汰了。小马与它正好相反，有好几家公司争着聘用它。都被它拒绝了。小马自己创业，由于他小时候打下的基础和他的商业头脑。小马很快就成了有名的企业家。

第三部分　五味童话煲

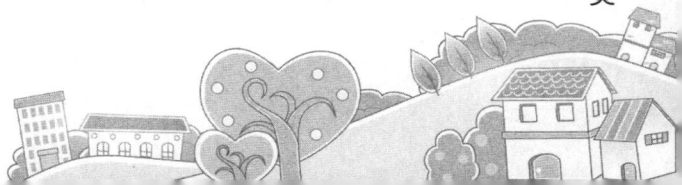

地球听诊记

金美晨

　　宇宙中心医院来了一位不速之客——全身布满超级文明人类的地球。只见他满面愁容、拄着拐杖，一瘸一拐地进了挂号室。挂号医生天牛星忙上前："地球老弟，50万年前你是那么健壮，现在你的人类发达了，应该更健壮了，可现在怎么这个样子了？""唉，一言难尽！"地球苦笑着，"人类是发达了，我的身体可一天不如一天了。"为了赶快弄清病情，地球匆匆告别了天牛星医生。

　　他来到眼科。不一会儿，他迈着沉重的步子走了出来，痛苦地想着彗星医生的话语："人类大量开办工厂、废气、污染、'保护伞'被破坏，你蒙上了几公里厚的'灰纱'……难怪要患上深度近视，戴上厚厚的眼镜，足有3600度呢……"

　　接着他又来到皮肤科。主治医师仙女星为了更好地为地球诊治，特地请来了小熊星、大熊星两位特级医生来会诊。三位医生查阅了地球以前的《特级生命星证书》："地球，37万岁，诞生于太阳系；鉴于地球身强体壮，全身除了海洋蓝色外，大部分系绿色，不愧是生命的摇篮，特颁证书以资表彰。"

　　再看看眼前浑身疮疤的地球，三位医生都同情地叹了口气，接着便忙碌起来，等检查、诊断完毕，医生们都已满头大汗了，他们又忙不迭地商量、讨论，并写下了诊断书：

　　症状：周身疼痛难忍，绿色皮肤开始脱落，黄色皮肤出现并在不断蔓延。诊断：地球大陆皮肤确已由绿转为黄绿，黄色的沙漠在不断吞没绿洲；海洋也由纯蓝变为局部灰蓝，海洋中局部地区已不适合生物的生存。

　　病因：人类为获取耕地，乱砍滥伐树林；大批工厂不注意保护水源，向河流、海洋排放未经处理的废水、残渣。

地球拿着诊断书几乎想哭出来，他哀求医生赶快治好他的病。可医生们却说："这样的病，我们无能为力。人类为宇宙的主宰，你的病最终要由他们来医治。"

保护环境吧，地球在哀求，在呼吁。

龟兔赛跑新传

李丁丁

乌龟和兔子在很早以前就定格为竞争对手了，他们曾经有过一次比赛，并且那次比赛让兔子背上了千古的耻辱——兔子由于大意、骄傲，在比赛途中睡起了觉，而乌龟凭着它的毅力先到了终点。使兔子耿耿于怀，总想和乌龟再来一次比赛，争回荣誉。

这天，天气晴朗，兔子去找乌龟，要求和他再赛跑一次，乌龟并不愿意和兔子比赛，但是兔子说："不比赛，你就要认输，我就正名了。明天我就向全世界宣布，我们新赛跑的胜利者是我。"乌龟又不肯轻易认输，于是就答应了兔子。等到兔子走后，乌龟找来了他的朋友，和朋友商量了对策……

第二天，在草丛里每隔一段就会有一个乌龟埋伏在那里。比赛开始了，兔子像离弦的箭一样冲了出去，跑了一段，兔子心里升起了一丝丝骄傲，回头看看乌龟已经被甩得没了踪影。于是兔子继续向终点跑去，突然前面的草丛里冒出了一只乌龟，兔子撒腿就跑，把乌龟又甩在后面了。跑着跑着，看到前面又有一只乌龟在爬。兔子不敢大意，汗都不顾擦就继续猛跑……结果自然而然是乌龟赢了。兔子气得一跳三丈高，找到乌龟说它一定弄虚作假了。但是结果是没办法改变的。

又过了很久很久，所有的兔子都来找乌龟了，它们要和乌龟再赛跑一次，这次场地上每隔一段就会有一只兔子在那里观看比赛，乌龟感到不耐烦了，说道："还比什么啊，比一次输一次，比两次都输了，比的什么意思呢？"兔子们眼睛都气红了。所以现在的兔子个个都是红眼。但是不比赛兔子们又不答应，没办法，乌龟只好硬着头皮答应了。兔子们走了，乌龟们又开始商量了……

第二天，比赛开始了，兔子为了夺冠军，发令枪一响，就如子弹一样冲了出去。再看乌龟，不紧不慢地从手腕上摘下两只铁轮，按动开关，踩在上面，犹如一股台风一样瞬间没了踪影，一下子就冲到了终点。乌龟又赢得了比赛。

乌龟第一次凭着他自己的毅力获得了冠军，第二次又是凭着自己的智慧赢得了比赛，第三次是凭着高科技超越了兔子。乌龟和兔子的比赛还会继续吗？

赛马会

何　欣

　　马的家族日益壮大，马中豪杰不断涌现。这一天，众豪杰聚会沙场，举行了赛马会。为了保证赛马的公正，豪杰们请来伯乐做裁判。伯乐说："各位到场的豪杰们，现在赛马开始。"

　　伯乐先生把马鞭向下一甩，只听"啪"的一声，赛场上万马奔腾，争先恐后，互不相让。"一马当先"犹如离弦的箭一样飞了出去，冲在最前面；"马首是瞻"也不甘落后，几乎与它并驾齐驱。"快马加鞭"在后面紧追不舍，尾巴不停地甩着，好像在鞭策自己。"天马行空"是特别的一个，它独自一"马"悠闲自在地在天空中飞着，可奇怪的是它速度竟然也快得惊人。当然，群马之中也有混时间的家伙，"马马虎虎"就是其中之一，它一会儿东瞧瞧，一会儿西看看，根本没把比赛当回事。"害群之马"最讨厌了，不仅自己不好好比赛，还在马群里横冲直撞，搞得大家一点也不安宁。这不，它一脚踢在了"塞翁失马"的屁股上，它痛得没法再跑了，只好气呼呼地退出了比赛。"马失前蹄"一不小心绊在了一块石头上，当场摔倒在地。后边的马儿们不得不停住脚，纷纷摔倒。结果，"马失前蹄"在马蹄下丧生，许多马儿也受了伤，而"塞翁失马"在旁边暗自庆幸……经过了两个多小时，比赛结束了。裁判伯乐宣布了结果："一马当先"众望所归，勇夺冠军。"马首是瞻"屈居亚军。"天马行空"超过"快马加鞭"获得季军。

　　伯乐宣布完结果，沙场上响起一片掌声。

酒瓶的对话

姜美琪

一群大大小小的酒瓶拥挤着，碰出砰砰的玻璃声。

"我们这是到哪里去呀？"一个长得挺短的小瓶子很小心地碰一碰身边一个大肚子，问："唉，看你这副笨样就知道是大姑娘坐花轿——新出厂的吧？"大肚子拍拍小瓶子很透明的身子，"咱这是被回收，回收！你懂不懂？就是从车间里装到咱肚子里那玩意被人喝光了，再把咱收回去，再装，再卖，再被喝。""一般说几个月就得来这么一回。"一个细长瓶子自作聪明地搭话。

"几个月？"一个饮料瓶斜一眼大肚子和小瓶子，大肚子们满脸不服又不无心虚地围起饮料瓶。

"我？"饮料瓶看一看细腻而好看的脸，又具有服装模特风度地转一转身子，"你们知不知道我？噢，也难怪。"说着，又使劲摇着肚子，"嗡"的一声清了一下嗓子，让我告诉你们吧，我来自很远的南方，古装名酒，都藏在一个精致的柜子里，兄弟们都有来自四川、贵州、杭州、山东、河北、上海、宁波的各式各样的名贵品牌上百瓶，人家家里来客人，个个衣冠楚楚谁又能空手来，送咱们这类的那叫小意思，动真格的才办正事！我们那阵挤在柜子里，想找机会上桌也不容易，为啥？一是得凭客人好恶排号；二是哥们儿多，有时即使上了桌也只落个摆设！饮料瓶似有些怨气又有些得意地摇摇头，叹口气："唉！落个摆设也不错了，还闻闻味呢，像你们——"它说着指向四周，表情已经开始不停地转化，"你们这样是连闻味的机会也没有啊！"

"喂、喂、喂，我说你小子挺牛哇！"随着一声大喝，一个黑大个挤了过来，拨开瓶缝，窜到饮料瓶身边，猛一挤，把饮料瓶挤了一个大跟头，黑大个摇摇晃晃地往瓶堆中间一站，圆圆的瓶嘴立即发出一串呼呼声，"咋

样？”大家都瞪大眼睛，“结果人家一打开就发现了，这小子满肚子是假货！气得人家客人差点儿把它粉身碎骨。”

"哈哈哈！"大家围着面红耳赤的饮料瓶一下就把它拱到了一边。"要说上过大台又见过世面又货真价实的那得数咱哥们儿！"黑大个使劲拍拍胸膛："咱卖给那地方是饭店，成年累月去光顾的都是大款，有一天来了个大款把我肚子里剩下的一两多酒都喝光了。""那又怎么样？人家一口全喝下去了！"黑大个又一次使劲摇摇头："我是感觉又甜又香。"哗啦啦啦……随着一阵跳跃和震动，一群瓶子被从一辆卡车上卸下来。一阵凉爽浸透了它们的全身，"哈，又给咱们洗澡了！"大肚子猛地翻过身，站起来，冲小瓶子笑了笑，一下滑倒在水池里，嘴唇里顿时涌出了泡泡。

"嘿嘿嘿！"饮料瓶幸灾乐祸地笑了。

青蛙的自述

蔡　宁

　　我的名字叫青蛙，很小的时候就离开家乡，来到了一片稻田里帮助勤劳、朴实的农民伯伯捉害虫。

　　不知怎么的，我这几天有一点想念家乡，我决定回到阔别已久的家乡。

　　树边那条小河就是我的家，那儿风景如画，非常迷人，清澈见底的河水欢快地流淌着。鱼虾朋友们成群结队，自由自在地在浓密的水草里快乐地穿梭着，它们过着无忧无虑的幸福生活……

　　我一边走，一边想，不知不觉来到了小河边，我抬头望去，不由得被眼前的弹丸之地惊呆了：自从下水道通到这里，再加上人们在这儿乱倒垃圾，渐渐的，鱼儿死的死、跑的跑；荷花茎再也不那么挺直了，垂下了头……原来清澈见底的小河，现在变得非常浑浊，黑乎乎的。一阵微风吹过，迎面扑来一股臭味，令人作呕，过路的朋友都捂着鼻子跑开了。

　　我向上面望去，只见小河上游的几家化工厂正大口大口地向天空喷吐浓烟，大量的污水"咕嘟咕嘟"地从下水道口倾泻而出，缓缓地流进了小河里。

　　突然，一只大手从我的身后伸过来，猛地一抓，把我丢进了黑黑的口袋里。我马上意识到：我和受难的同胞们一样，即将成为餐桌上的美食。亲爱的人类朋友们，在临死之间，请允许我代表所有受害的动物向全世界呼吁："请爱护动物，保护环境吧！还给我们生存的天地。"

093

黄雀和大象

范欣桐

一只美丽的黄雀在一棵枝叶茂盛的大树上垒下了一个漂亮的鸟巢，下了蛋。

一天，高大魁梧的大象走来，它看见了窝里的鸟蛋，邪念就出来了。它故意贴着树干使劲地蹭，树一摇晃鸟窝翻倒了，蛋也掉下来摔个粉碎，黄雀非常伤心，黄雀又重新筑了新窝，比原来更漂亮。过了几天它又下了几个蛋，大象又走过来了，它贴着树干使劲一蹭，大树摇晃起来鸟窝又翻倒了，蛋又掉下来打碎了。这下黄雀忍不住了："喂，狠心的大象，你这样做你的良心会安吗？"如果你的孩子就这样死了，你的心里不难受？你这样会受到惩罚的！大象听了，甩了一下长鼻子，冷笑道："狮子见了都敬我三分，谁敢打碎我的蛋。可怜的小东西，你这样矮小，看看我，多么高大，你有资格这样跟我高声说话吗？你要惩罚我，就来吧！"

经过商量，黄雀终于有了整治大象的办法，她让蜜蜂召集了兄弟姐妹去螫大象的耳朵、眼皮，疼得大象躺在地上打滚，她让青蛙们"呱呱呱"地叫着，不让大象好好睡觉、休息，她让乌鸦们在空中大声地"哇哇"痛骂大象。最后大象终于支持不住了，连连求饶，这时，黄雀飞到大象的头顶上说："喂，大象，你现在明白了吧？尽管你身高力大，可是我们同心协力，团结战斗，力量大无边。"

大象面红耳赤地说："我以后再也不干坏事了。"

钢笔国王的生日

李 哲

　　从前，在铅笔盒王国里，住着3个可爱的小公主：铅笔爱丽丝、橡皮爱丽奥和卷笔刀爱丽雅，她们可是钢笔国王爱比尔的心肝宝贝，掌上明珠。

　　可是，铅笔爱丽丝和卷笔刀爱丽雅相处不好，总是吵架，因为她俩的意见总是不一样，可钢笔国王却很喜欢让她们俩一起做事，其实钢笔国王是想让她俩和睦相处。一天，3位小公主正在院子里做游戏，从外地来的糖果公主向她们打招呼："3位公主，早上好！我叫艾米，是糖果国的公主，很荣幸认识你们！"她们3个也说："我们也很荣幸认识你！"4位小公主成了最亲密的朋友。

　　钢笔国王的生日快到了，4位小公主决定做最有趣的东西送给国王，钢笔国王的生日终于到了，4位公主把父王拉到一个宽大的房间里说："这个房间是空的，可奇迹马上就要发生了！"国王满心好奇地等待着，4位小公主异口同声地念起了咒语，刹那间4个礼物展现在国王面前，爱丽丝做的是12层的三明治，她用剪刀把玫瑰花瓣一小片一小片地剪下来，12层的三明治第一层夹芒果片，第二层夹牛肉，第三层夹番茄，第四层夹鸡腿，第五层夹花生，第六层夹草莓，第七层夹鱼片，第八层夹香蕉片，第九层夹色拉，第十层夹黄油，第十一层夹菜叶，最后一层上有一个蛋黄堆儿，上面放了一颗红樱桃。

　　爱丽雅做了一个四季星，她说："以后您喜欢去什么季节，就去什么季节任您选择。

　　爱丽奥做的是回忆瓶，她说："里面全是我们的快乐时光，希望您喜欢。

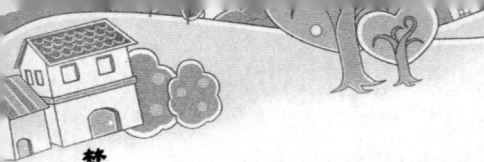

艾米做的是糖果屋，她说："这是我从我的王国里带来的糖果组成的，它很好吃。

4位小公主长大了，一直怀念着以前的点点滴滴，怀念在一起的欢乐与争吵……

书包里的辩论会

张春雪

有一天晚上，我写完作业，整理好文具盒，就熄灯睡觉了。

这时，书包里发生了非常激烈的争执。"谁的本领最大？"文具盒清了清嗓子嚷道。书自豪地说："我想我的本领最大，因为我的小主人通过我学习到了很多的知识。"

接着骄傲的课表姐姐说："你有知识，也不一定本领就最大，是我每天让小主人知道今天要上什么课，要是没有我小主人拿错书了，可是要受批评的。"

文具盒里的铅笔妹妹哈哈大笑起来："哈哈，哈哈，就凭你们，吹牛吧，没有我小主人就画不出美丽的画，写不出美丽的字，我看，你们的本领都不大，要说我的本领最大还差不多！"铅笔妹妹得意忘形地说。

"什么，多亏了你？"卷笔刀哥哥气得连肚子里的螺丝钉都"咔嚓、咔嚓"响起来了，它冲着铅笔大声喝道："想想，每次绘画和写字之前，小主人最先用了谁？还不是我，先把笔削好，你说说没有我，小主人能动笔吗？铅笔没有想到刚刚说了几句话就被转笔刀这么一通抢白，铅笔气得一蹦老高。

它们的争吵使书包奶奶无法入睡，知识渊博的书包奶奶，语重心长地说："你们各有各的用途，在不同的情况下发挥不同的作用，我们不应该比谁的本领大，而是要团结友爱，为小主人服务好。"听了书包奶奶的话，它们一个个低下了头，脸涨得通红，最后，它们各自向对方说了"对不起"。文具盒里又恢复了以往的平静。

从此，文具盒里又充满了团结、喜悦、和谐的气氛。

劳动与金钱

魏 震

秋天的景色浓似酒，可是勤劳的蚂蚁们却没有到处游玩，他们正在储存过冬的粮食。

两只大蚂蚁用小锯子一下一下把一个大大的土豆切成块儿。蚂蚁皇后也亲自动手拖苹果，一拉一拽还挺吃力呢。

这时，一只蚂蚱带着沉甸甸的钱袋从一朵花跳到另一朵花上，尝尝这朵花的花蜜，吃吃那朵花的花汁。

恰巧，蚂蚁皇后拉着小车从下面经过。"哎呀呀，蚂蚁皇后也亲自动手，了不起！"蚂蚱先生假意称赞道。蚂蚁皇后说："冬天就要到了，你怎么不储存过冬的粮食呢？""我有钱！"蚂蚱先生得意地说，"俗话说得好：有钱能使鬼推磨。"蚂蚁皇后摇摇头，走了。

冬天到了，大雪覆盖了整个大地。蚂蚱来到一家又一家，可谁也不愿意把食物卖给他。他走到蚂蚱家门口，看到里面是一片欢乐的海洋：干杯、烤土豆、喝蜜汁……蚂蚱先生着急地敲了敲门。可蚂蚁们谁也没理他，蚂蚁皇后说："只有劳动者才可以和我们一同生活。我们不欢迎金钱的崇拜者。"

蚂蚱先生带着沉甸甸的钱袋回到风雪中，不一会儿，就消失得无影无踪了。

劳动虽然让人付出了汗水，但却能得到成倍的幸福。而金钱却使人成为一个富有的乞丐。

蜗牛快递公司

张紫萱

小蜗牛开了一家快递公司，这个消息传遍了整个森林。小动物们都前来向小蜗牛祝贺，森林里像过年一样热闹。

小猴拿着一封信来找小蜗牛，它说："小蜗牛，我给小狗写了封信，请它到我这赏桃花，请你把信送给它吧！"小蜗牛拿着小猴的信，上路了。

也不知过了多久，这天，小猴正在家里玩，小狗来了，它说："今天一大早我收到小蜗牛送来的信就赶来了，请你带我去看桃花吧！"

小猴和小狗来到桃林，哪还能看到桃花，只见满园都是桃子，它们干脆大吃起来——。

小熊在山下找到一棵树苗，把它栽到一个大花盆里，请小蜗牛交给妈妈。小蜗牛高兴地出发了。

也不知过了多久，小蜗牛来到了熊妈妈家，熊妈妈来到车上取树苗，没想到树苗变成了一棵苹果树。

我的儿子真好送我这么多苹果，我就不用买苹果了。

小蜗牛在路上看见了毛毛虫，毛毛虫说："小蜗牛，你可以帮我一个忙吗？小蜗牛毫不犹豫地说没问题。"毛毛虫说："你带我去外婆家吧。不知过了几个月，小蜗牛到了。当他把车门打开时，却没看见毛毛虫。小蜗牛急了，四处寻找，也不见人影。小蜗牛沮丧地待在车旁，突然，车里飞出一只蝴蝶。小蝴蝶说："小蜗牛，你别找了，我就是毛毛虫。"

小朋友，你们看，小蜗牛的快递公司成了慢递公司了！如果你上了小蜗牛的快递车，恐怕你下车的时候，都成大人了！

099

第三部分 五味童话煲

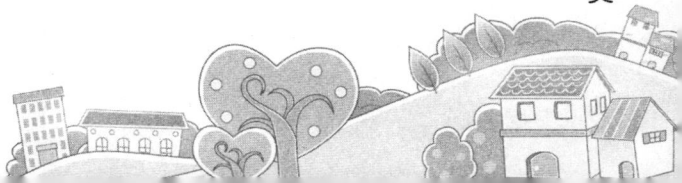

蚂蚁的一天

刘汉廷

我是一只小蚂蚁，一只渺小得被人们称为"兵蚁"的蚂蚁，我过着平凡的生活。

早上，当第一缕晨光洒向大地时，我们家族成员会马上出洞找食吃。菜叶、青虫、饭粒都是我们的美味佳肴，偶尔我们会到人类的家里去觅食。我们吃得很少，但是人类总想把我们残忍地杀死。还喷洒蚂蚁药，真是太可气了。我们躲过了人类的脚步，去了厨房，拣了一粒大米就慌忙逃走了。而另外几只工蚁却不那么走运，它们在蚂蚁药中丧生了。

中午，太阳火辣辣地炙烤着大地，这时我们是很少外出的，因为，我们怕这刺眼的阳光。

午后，刮起了一阵凉风，阴云遮住了太阳的脸，快要下雨了。我们马上就要搬家了，先出动的是兵蚁首领，它一出动就四处张望，看看有没有敌人来犯，后面那些兵蚁也是，时不时就"鞭策"自己加强警惕性。之后我们工蚁抬着大包小包陆续出洞。我们一点儿也不觉得累，还不时摆动触角，发出清脆的声音，就好像花车游行中流动的音乐大军。主角出场了，我的几个小伙伴前呼后拥地抬着蚁后出来了。这样，我们的搬家结束了。

我们所做的事一切都是那么井然有序，如果人类像我们那样，那该多好啊！

这就是我的生活，平凡而快乐。

聪明鼠与愚蠢猫

王韵雪

一天，老鼠国王找鼠民们开会。国王说："现在我们进入了危险区，老猫看见我们就像疯了似的。所以，我请大臣们想一想办法。"正在大家议论纷纷时突然一个鼠民说："有了，猫喜欢吃鱼干，我们每天给它两条鱼干，我去和它谈判。"

第二天，那只老鼠真的去与猫谈判了，它说："猫大哥，最近身体好吗？你先别急着吃我，我是来签合同的，我每天给你鱼干，我们出来活动你别抓我们，你看行吗？"老猫很高兴地回答说："好呀！"

从此以后，老鼠每天给老猫送鱼干，而老猫呢，每天睁一只眼闭一只眼，每当老鼠出洞找食时，老猫就装作看不见，老鼠就在暗地里偷着乐。

直到有一天，老猫被赶出了家门，它的主人认为失去本职的猫和老鼠没有什么区别，一样令人讨厌。

这只猫太可悲了。

新鸟类之王

曹奋扬

　　从前，有一只小鸟，它每天都去捡其他鸟儿的羽毛。别的鸟都笑它："真是太傻了！"，"捡垃圾的，没出息！"它从不回答，只是继续捡。鸟类王国要评选新的鸟王了，所有的鸟儿都开始忙着打扮自己，可是这只小鸟还是在捡羽毛，大家就更看不起它了。越发嘲笑欺负它，小鸟不说话，依然在捡它的羽毛。

　　终于有一天它不再捡羽毛了，它把捡到的羽毛仔细地粘成一件漂亮的衣服，穿到身上，哇！五光十色，好漂亮啊，它走到评委们的面前，评委们都惊呆了，所有的鸟儿都羡慕极了，它们在心里暗暗后悔自己怎么想不到这个好办法，想起对小鸟的嘲笑，它们的脸都红了。这只小鸟最后被大家一致评为新的鸟类之王。

小兔运南瓜

钟嘉羽

今天，小兔想吃炸南瓜子。于是，她走到兔妈妈跟前，说："妈妈，我想到山上运一个南瓜回来，您给我做炸南瓜子，好吗？"兔妈妈说："南瓜地不远，你去吧！"

于是，小兔来到山上的南瓜地里，摘了一个又大又黄的南瓜。摘好以后，才发现南瓜太大太重了，小兔发愁了："怎么运走呢？"想呀想，想了好久，小兔终于想出了一个好办法。

只见小兔子用力一推，南瓜就立起来了，然后慢慢把南瓜滚下了山。

到了家，兔妈妈看小兔子回来了，问："你是怎么把南瓜运回来的？"小兔子笑着说："妈妈，我是把南瓜立起当轮子滚回来的。"

兔妈妈听了小兔子的话，笑了，小兔子也笑了。

小羊羔智斗大灰狼

曾俊杰

有一天，一只小羊羔碰上了一头大灰狼，立刻吓得瑟瑟发抖。因为，就在不久前，它的姐姐就葬身在这头大灰狼的腹中。小羊羔心想："天哪，我该怎么办？"

这时，大灰狼早已馋得垂涎三尺，步步紧逼地说："哈哈，真是一顿丰盛的晚餐呀！"千钧一发的时候，小羊羔突然灵机一动，镇定地说："狼先生，真不好意思，我很想成为你的晚餐。可是，另外一头狼已经提前预订了，马上它就要来了。你要想吃我，得先问问它答不答应。"大灰狼顿时火冒三丈，嚷道："谁这么胆大，竟敢跟我作对，快带我去见它！"

于是，小羊羔就把大灰狼领到了一口井边，颤抖地说："它就在里面，你自己去看吧。"大灰狼听罢，立刻往井里瞧了瞧。果然，井里有一头狼，正恶狠狠地盯着自己。"哼！竟敢这样放肆，看我不给你点颜色瞧瞧！"说罢，大灰狼张开利嘴，朝井里一阵狂叫。谁知，井里的狼也跟着狂叫起来。大灰狼气得直跺脚，在井边不停地绕圈子。最后，它决定下去教训这个不知天高地厚的家伙。于是，大灰狼弓起腰，一蹬腿，"嗖"的一声跳了下去。

小羊高兴不已，趴在井口朝下望。只见井里不断冒出一串串气泡，不一会儿，大灰狼就被淹死了。

终于，这只聪明的小羊，不仅挽救了自己，还如愿替姐姐报了仇。

老鼠送礼

刘师如

在一个月黑风高的夜晚，一只老鼠提着一瓶美酒和4条鲜鱼向花猫哥的家走去。这只老鼠可不是一般的老鼠，而是一只有着聪明头脑的老鼠。

来到粮仓门口，老鼠对花猫哥说："哥，这几天你天天都熬夜，很伤神的，小弟想来分担一下，你看我给你带什么来了？"花猫哥眼前一亮，一爪子就把鱼和酒抓了过来。而老鼠则去看守粮仓，几个小时过去了，花猫哥有些困了，老鼠机灵地说："花猫哥，我来帮你看守粮仓吧！"这时花猫哥有些不放心，但想起刚才老鼠的表现，他安心地"睡"了。20分钟过去了，老鼠挠挠花猫哥的脖子，又踢了踢花猫哥的腿，花猫哥都没有什么反应，但老鼠还是有些顾虑，他又大声喊了一声花猫哥的名字："花猫哥！"大花猫仍然没有一丝动静，这下他放心了，老鼠大声地吹了一声口哨。只见从粮仓后面跑出了一百多只老鼠，那个聪明的老鼠说道："兄弟姐妹们，我们有好日子过了！"话音刚落，大花猫从地上跳了起来，把老鼠们吓坏了，先是一愣，接着纷纷逃跑，可是这时谁也跑不掉了，从四面八方来了开着警车的老虎警官，对老鼠们大喊："我以行贿罪还有抢劫罪逮捕你们！"

在警官正要把老鼠们押上车时，花猫哥对老鼠们说："我以前被你们忽悠过，可我吃一堑长一智，希望你们记住这句话。"老鼠们垂头丧气地被警官抓走了。

绿色行动

王崇行

在遥远的大森林里，住着一群可爱的小动物。它们每天都过着安居乐业的生活。由于汽车排出的大量尾气和人们的生活垃圾等原因造成了全球环境的污染，大森林的环境越来越糟糕了。

一天，有气无力的小兔子和脸色灰白的小乌龟见了面。小兔子垂头丧气地说："你好吗？乌龟老兄，别来无恙啊？"小乌龟唉声叹气地说："唉，别提了，最近小河越来越混浊了，我有好几个伙伴都逃到别的小河去了，还有小伙伴都得病了。"小兔子听了后，皱着眉头连忙说："对呀！对呀！我有的同伴都饿死了，还有的同伴都跑到别的大森林里去了。""这可真是太可怕了。"它们异口同声地说。

这时聪明伶俐的小松鼠也从树上下来了，它向它们说起了自己的遭遇。小动物们个个都失望地垂下了头，这时，聪明的小兔子说："咱们在一起想个办法吧，看看怎么样才能让我们的家园好起来。"大家你一言我一语地议论开来。最后还是狐狸最聪明，说："人们居住的地方我们去不了，也管不了，那我们就从我们自己做起，一起来保护环境，并做一些标示牌来提醒我们爱护森林。"大家对它的这个提议都很赞赏。于是，他们就做了许多的标示牌，上面有的写"小草在睡觉，请不要打扰"、"保护环境人人有责"等字样，并钉在大家随处可见的地方，还成立了森林警卫队，每天由不同的动物来进行巡逻。

就这样，森林里的环境越来越好了，所有离开的小动物不但都回来了，而且还带回来了许多新朋友。从此它们又过上了安居乐业的生活。

新"皇帝的新装"

何暄扬

大家都听说过《皇帝的新装》这则故事吧？因为那次游行皇帝在众人面前出了丑，把面子都丢尽了。从此每天晚上都梦见裁缝骗他的情景，每天都睡不好觉。

有一天，皇帝为了挽回面子，决定再举行一次游行，全城的裁缝听说这个消息都纷纷准备。第二天，皇帝召集全城的裁缝，经过精挑细选，终于选中了一个裁缝，那个裁缝在被选中的时候就听说要进宫去做衣服。所以在进宫的前一天，就准备了一件镀了金的纸质衣服，又照着样子画了一张图纸。

第二天，裁缝被召进宫。皇帝问："你打算给朕做一件什么衣服？"裁缝说："我想为陛下做一件金丝衣。"

"哦，金丝衣，是什么样的？"

"陛下，我画了一张图纸，请陛下过目。"

皇帝看过图纸说："好，你需要什么材料？"裁缝说："只需要几袋金子。"皇帝听说"金子"这两个字，突然想起上次骗他的裁缝要的也是金子，所以恼羞成怒，说："你要是骗了我怎么办？"裁缝说："陛下，我哪敢啊！"皇帝吃一堑，长一智，把裁缝留在了宫里。

没过几天，金丝衣做好了。裁缝把早已经准备好的纸质衣服拿了出来，却把真的收起来了。皇帝穿上金丝衣，皇宫里顿时金光四射，臣子们见了赞不绝口，皇帝龙颜大悦，赏了裁缝几袋金子。第二天，皇帝穿着金丝衣上街游行，金丝衣在阳光下闪闪发光，漂亮极了，人们惊叹不已。突然，倾盆大雨从天而降，金丝衣瞬间变成了一堆皱巴巴的纸，糊在皇帝身上。众人见了哈哈大笑，皇帝感到无地自容，怒火冲天，立刻让大臣去抓裁缝，可是裁缝早已逃之夭夭。

从此，皇帝再也不炫耀自己的新衣服了。

第三部分 五味童话煲

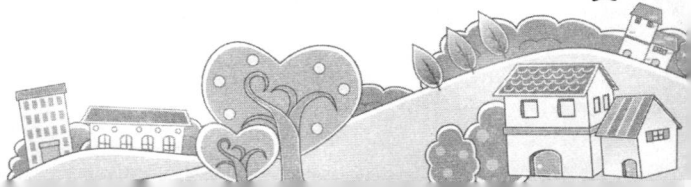

老鼠与小鸟

张爱宣

小鸟经常在天空中飞翔，它们多次经历雨水的洗礼。时间久了，它们深信：水是从天上来的。

这一天，有一只小鸟在地上看到一只老鼠在挖洞。小鸟问老鼠："你在干什么？"

老鼠说："我在挖井。地下有水，挖到一定深度，水就会冒出来。"

小鸟说："据我们多年观察，天上才会有水，地下不可能有水。你挖井是白费功夫。"

老鼠说："我的同伴已经在地下挖出了水，这是毫无疑问的。你认为只有天上才有水，那是片面的看法。"

小鸟说："我们飞得那样高，比你看得远多了。我说地下没有水，地下就没有水。"

老鼠不愿与小鸟争执。于是不搭理它了。

小鸟很生气。于是，它飞到天空中，找到了许多伙伴。它们联合写下了一个证明：一千只小鸟证明老鼠的说法是错误的。

老鼠看到了小鸟们的证明，冷笑了一下，依然挖井。

小鸟十分恼怒，它同老鼠大吵起来。

它对老鼠说："你把一千只小鸟的证明当成什么啦？你是不是太狂妄了？你们老鼠个个都是不知天高地厚的东西！"

老鼠反唇相讥："你们不会挖井才会这样说，一群没有用的家伙。"

土地神听到了它们的吵闹声，便前来调解。

土地神听了它们各自的讲述之后，意味深长地对小鸟说："一千只小鸟的无知与一只小鸟的无知是一样的，是你们错了。"

小鸟一听这话，气急败坏地飞走了。

都是爱美惹的祸

韦 祎

"瞧他那样儿，人不像人，猴不像猴的，难看死了！"孙悟空每当听到这句话，就恨得咬牙切齿，羞得想找个地缝钻进去。怎么回事呢？

原来呀，每当孙悟空走出家门时，他的周围就会被人们挤得水泄不通。人们对这个全身长毛、尖嘴猴腮的家伙指指点点，仿佛在看"西洋镜"似的。从此，孙悟空就再也不好意思出家门……

中午，八戒来他家玩儿。"猴哥儿，最近过得好吗？"八戒关切地问。谁知，孙悟空瞪大了眼睛，围着猪八戒转。

"呆子，现在你怎么变成帅哥了呀？这肚子也小了，猪嘴也没了，快告诉老哥听听。"孙悟空迫不及待地问八戒。

"我去'巴啦巴啦'美容院整容才会这样的。怎么，猴哥儿，整整身上这毛？我看你不丑……"八戒话还没说完，悟空已经踏上了去美容院的路程了。

哇！不敢相信，经过如此一番整容，悟空竟从一个丑八怪变成了一位美男子，他身上一根毛也没有了。从此，孙悟空受到更多人的爱慕！

一天，悟空正在外面游玩，忽然听到有人在喊："救命！"孙悟空定睛瞧去，原来是一个妖怪在欺负一个小孩。悟空大喝一声，掏出金箍棒朝妖怪打去。哪料到妖怪施展法术，吹了口气，周围一下出现了十几个小妖怪。悟空冷笑道："这点小伎俩还敢在俺老孙面前耍，真是鸡蛋碰石头——自找难看！"他伸手想找一根毫毛变出许多小悟空出来。哪知，伸手拔了个空。原来，他忘记自己已经接受褪毛的手术。趁这工夫，小妖怪已经逃走了。

这下，悟空可后悔了，没想到美容居然毁掉了自己的一项本领。唉，都是爱美惹的祸！

嗨！我是仙女

王宇阳

有一天，我突然变成了仙女，看，我穿着刀枪不入又高贵稀有的紫钻战衣，拿着法力无边的蓝金仙杖，多漂亮呀！

我坐着飞天马车来到旱灾区，这里的环境比我想象的还要糟糕。地上的土都裂开了口子，似乎在痛苦地呻吟，河里的小鱼都死光了，这景象激起了我的责任感，我拿着蓝金仙杖在空中挥了几下，并念了咒语，只见天空立马乌云翻滚，雷声大作，下起了倾盆大雨。我嘴里又念了几句魔语，只见当地的百兽纷纷叼来鲜花、嫩草和树木种在旱灾区。这地方立马焕然一新，变成了人间天堂。

我又坐着飞天马车到了城郊的小河边。小河里以前那清澈的河水不见了，只见河水像黑色的咖啡一样，水面上还漂浮着动物的死尸，我的心似乎要滴血，我立刻挥了挥蓝金仙杖，天上立刻出现了一道金光，我眼前的污水和水面漂浮的死物不见了。我又念了几句咒语，眼前的小河立马有了清澈的河水和活蹦乱跳的鱼。

我又坐上马车来到了酒吧的上空，我使用了隐形术，别人看不到我，而我却能看见别人。我又使用了物体透视术，还能看到几里以外的酒吧里的事。我看到一个小偷正要把他的手伸进一个姐姐的手提包里，我赶快念了咒语，那小偷的手不能动了，一个警察过来抓住了他，把他送进了大牢。哈哈，真痛快。

瞧！我就是这样一名仙女，一名乐于助人的好仙女。

换　心

谢　娇

小白兔晶晶的心脏病很严重，需要做换心手术。

手术之前，长颈鹿医生将晶晶带到"存心室"，让晶晶自己选一颗心。

第一个玻璃柜里的"心"黑黑的，晶晶还想看得更清楚些，那颗心突然说起话来："选我吧！"晶晶走近一看，原来是一颗"黑心"。"如果你想做一只与众不同的兔子，就要做到两点：一要心黑，二要心狠。谁要是妨碍了你，你就狠下心把它吃掉！喂，你跑什么呀？真是的。"黑心说。

晶晶听了"黑心"的一番"高论"，直冒冷汗，这样的心我可不能要，否则我不就成了人见人恨的狼外婆了吗？晶晶心里嘀咕着，目光在继续搜寻。

这时，其他玻璃柜中的心七嘴八舌地叫了起来："选我吧！选我吧！"晶晶被吵得心烦意乱。它大吼一声："别吵了！"室内顿时安静下来。

"你看我合适吗？"一个小小的声音传入了晶晶的耳朵。它揉揉眼睛，这才发现一个不起眼的角落里还有一颗心。原来是一颗"鲜红的心"。"那你就随便说说吧。"晶晶已经非常疲惫了。这颗小小的心居然羞红了脸："我，我其实也没什么优点……就是容易被感动。""哈哈，感动？老天，感动是什么东西？感动有什么用途？"周围发出一阵阵讥笑。

谁也没有注意晶晶的眼睛开始发亮，它激动地说："谁也不许嘲笑它！我要选的就是它。"室内一下鸦雀无声，谁也不信晶晶居然会说："说出这样的话，证明它是一颗宽厚、善良、正直的心！这才是我想拥有的心。"

说完，晶晶小心翼翼地将它捧起，毫不犹豫地走出门去。

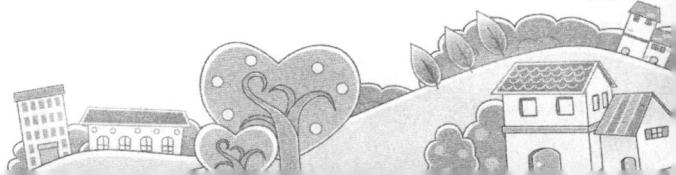

一只小鸟的自白

李汶锦

我是一只小鸟。

我是主人的小鸟，我很美丽可爱。小小的喙，金黄的爪子，洁白的羽毛。主人很喜欢我，把我的家安在了一只精巧的竹笼子里。但整个家中只有我这一只小鸟，我很孤单，也很受约束。

每天，我吃得很少，总是呆呆地望着窗外，望着树上，草坪上那些叽叽喳喳欢叫的同伴。

当主人给我喂最好的饲料时，我总是"啾啾"地叫着表示抗议。我不想要最好的饲料，只想有一天能够飞出笼子，自由飞翔。

每天的下午五六点钟，是我最累的时刻。这时，主人下班了，免不了又逗我玩儿一番，我不想做这种无聊的游戏，可我无法摆脱。

我甚至不知道自己是从哪儿来的。在我的记忆中，似乎一出生便在主人家里了。唉，一辈子没有自由，这样的生活让我近乎麻木了。

就这样，我每天都望着窗外的同伴，它们是那样的无拘无束，自由快乐，我是多么想和它们一样啊！

欧阳修的诗里说得好：始知所向金笼听，不及林间自在啼。主人呵，我是一只没有自由的鸟，没有自由也就没有快乐，即使它拥有再好的环境，拥有再好的食物，我们毕竟是属于大自然的呀！

我只有待在笼子里默默期待，期待有一天，我能真正获得自由……

我是一片云

刘默涵

嗨，大家好！我是一片可爱的云朵，我可喜欢变魔术了，还喜欢聊天。听我介绍一下自己吧！

晴天时，太阳公公一出来，我就随着风妹妹飘到了蔚蓝的天空。有时，我在天上会碰到小鸟，跟她聊会儿天；有时，我看到地面上拿着棒棒糖的小朋友，就情不自禁地变成了棒棒糖，太阳公公看见了就把我变成红色的，哈，红色的棒棒糖，小朋友们可向往了；有时，我会变成小乌龟，把蓝天当成游泳池，在里面自由自在地游泳；有时，我会变成骏马，在天空中任意奔驰；有时，我会变成一只白兔，把另外一朵云当萝卜，有滋有味地啃。

一天，我又变成了一只小鸟，正在天空中自由翱翔时，看到了耷拉着小脑袋的小草和无精打采的树林，心里难受极了，忍不住哭了起来。没想到，这一哭，就把身体哭得越来越小，但是我的眼泪变成了雨，滋润了万物，我还是很开心的。当然了，随后我会变成水蒸气飘上天空，重返家乡，再跟亲爱的家人、亲爱的小伙伴会合的。现在，大自然已经恢复了勃勃生机。瞧，他们正在快乐地谈话呢！

可是，我并不总是这么自在的，我也有烦恼。最近几年，人类老是排放二氧化碳，还肆意砍伐树林，森林的面积大大减少了。每当我经过那里，都会被熏得臭烘烘的，漂亮的白纱裙也被染成灰色的，害得我被别人嘲笑！更让我难过的是，万物和我的家园正在失去她的美丽。

人类啊，快醒醒吧！珍惜我们的生活环境，让世界恢复原来的自然光彩吧！

雨的自述

韩锶妍

我的名字叫作雨。我变化多端，一会儿是蒙蒙细雨，一会儿是倾盆大雨，一会儿是狂风暴雨……

突然，我身边的一切都暗了下来，我望见乌云哥哥正在向我靠近。"轰隆隆——轰隆隆——"雷神爷爷打响了他的大鼓。哈哈！我马上就要开工啦！

"哗啦啦——哗啦啦——"我一边释放着自己的"能量"，一边观察地面所发生的变化。在郊区的森林里，出现了一片清新的淡绿色！走在街上的人们都撑起了雨伞，就像一朵朵绽开的五颜六色的花。我的目光转移到了屋檐底下，那里有几个小孩子正趴在窗边，兴高采烈地讨论着。我猜他们津津乐道的是窗外的好风景。看到这群天真可爱的小孩子，我的嘴边露出一抹微笑。随即，我又叹了一口气。虽然，我是人类生活中最重要的淡水资源，但是，我给他们带来的灾难也是不少的。如果雨下得多的话，就会影响植物的生长，影响人们的情绪，导致路面打滑，从而造成车祸，也可能会引发泥石流等自然灾害。如果下的是酸雨，那就更严重了：危害人体健康、破坏环境、伤害动物……

其实，我也不愿意这样做的。只是现在环境污染太重了，导致酸雨频频现身。实际上，只要人类减少污染，节约能源，少用一次性用品，尽量乘坐公共交通工具，从身边的小事做起，保护好周围的环境，那么酸雨就不会出现了。

想着想着，一阵猛烈的强光射着我。原来是太阳公公来了。太阳公公见我一脸愁容，便关切地问道："怎么了，孩子？"我连忙对太阳公公说："没什么，只是想起一些事情。我要收工了，再见，太阳公公！"

我看着地面上这些活泼的孩子正在开心地玩耍，又一次露出了笑容。不知他们有没有发现，远处，美丽的彩虹姐姐正望着他们呢！

一张白纸的泪

滕中华

"隆隆"的机器声中,我诞生了。我是一张白纸,曾几何时,我幻想能有一位诗人在我身上面构思押韵的诗篇,能有一位作家在我身上面描述感人的故事,能有一位画家在我身上面涂上美丽的画面……

作为人类四大发明之一——造纸术的产儿,我想象着去传承,但经历一番周折,我与其他的同伴们被装订在一起,然后来到一个叫小龙的学生的书桌上。

"'风华从朴素出来,幽默从忠厚出来,腴厚从平淡出来',世人对朱自清先生散文的评价可以在他的《背影》中得到印证。你们认同吗?这节课谈谈你们读后的感受。"语文老师声情并茂地引导着。

小龙,我的主人睡眼惺忪地翻到我所在的页码。

"朴素,作者使用如金的笔墨反映了当时父亲的体贴、爱怜。"

"说话就是一味地唠叨。"小龙在我身上留下第一感受,"耳不听,心还静。"

"忠厚,作者当时不能理解父亲的一片深情,在回忆之中用'我现在想想,那时真是太聪明了!'这样的话来责备自己。"老师继续说着。

小龙"啪"的把笔放在我的身上,我与他一样在语文老师与同学们讶然的注视下,"对不起,您继续!"

小龙在我的身上写第二感受:"老爸其实不懂的我心,上网常常遭他批。"

"平淡,父亲的背影是我们每个人司空见惯的,但作者却在4次背影的平淡描写中见神奇。"

"真希望老爸的背影总是渐渐远去,我将生活在自由的天地。"我身上的每一个字都洋溢着美丽的憧憬,这是小龙的第三感受。

在老师接下来的讲解中，我成了小龙的精神慰藉，而且还浸上了他的涎水，并不断地扩大，扩大……

"丁零零！"清脆欢快的下课铃声如期而至。

"嗨！下课了！"小龙被同桌推着。

"干什么？"小龙怒目圆睁。

"作业，写《背影》的读后感。"同桌无奈地说。

"我呀，写完了。看，现在就让它追上老师的背影。"我有一种不祥的预感，如同世界末日将在下一秒来临，似乎植物将永失灿烂的阳光，好像鱼儿生活的水塘突然被一股强大的外力抽干了水。

"咔！"我被小龙从本子上撕了下来，就在这一瞬，我彻底和同伴们分开了。带着小龙的心声，带着小龙的涎水，抛向了正走向教室门口的语文老师。

我屏住呼吸，不知撞上语文老师后会发生什么。

"啪！"一声之后，我有一种凉凉的感觉。睁眼一看，我已与教室门后的地面亲密接触，并没有撞到语文老师。幸？不幸？

门口有阵阵寒风袭过，切割着我的每一块肌肤。但我的心早在那一瞬间被彻底撕碎。难道朱自清先生的《背影》真的不能打动小龙吗？多少个日夜，父母真切守望着；多少次黯然神伤，父母暗自承受着；多少次日晒雨淋，父母坚强地支撑着。小龙啊，你怎么去担当这份深爱，这份厚望，这份责任。

真的！我的眼泪夺眶而出……

"爱"与"梦"的旅行

韦　祎

　　在一个遥远的海岛上住着各种感情，一天，"梦"来到了这里。在海岛上结识了许多好友，有吓人的"生气"，整天满脸泪水的"哭"……

　　"梦"觉得这个岛上太没有意思了，于是"梦"就想要离去了，它想去寻找好朋友"快乐"。在途中，"梦"遇见了"爱"，听说"梦"要去一个很遥远的地方寻找"快乐"，"爱"决定和"梦"一起去。便说："哥们儿，你能带我去吗？我也很想去！""噢，好啊！正好多个伴。""梦"爽快地答应了。

　　第一天，它们来到一座山峰，要去取神奇木筏，途中，"梦"差点从悬崖边掉下去，幸好"爱"把"梦"拉了上来，于是，"梦"在石头上刻上了："某年某月某日，'爱'救了'梦'一命"。

　　随后，它们继续爬山，历尽了千辛万苦，它们终于拿到了神奇木筏，过了海，来到了森林。可是，它们刚来到森林，没想到，一条3米长的大蛇早已盯上了它们，"梦"发觉到说："不好，什么动静？"于是，"爱"和"梦"都加了小心，它们小心翼翼地向前探路，可就在这时，大蛇迅速地向"梦"扑了过去，张开血盆大口要吃掉"梦"，"爱"急中生智，把大蛇引开，使蛇掉进了大海里。于是，"爱"又救了"梦"一命，"梦"又在一块石头上刻下了："某年某月某日，'爱'救了'梦'一命"。

　　它们继续在森林里前行，用智慧一次又一次地化险为夷，终于走出了森林。接着，只要它们穿过沙漠就到了"快乐"住的地方。

　　有信心就有力量。途中，它们也曾因为一件小事发生过争执，每一次争执过后，"梦"就在沙滩上写下："某年某月某日，'爱'和'梦'吵了一架。""爱"奇怪地问"梦"："为什么要把我救你的事情刻在石头上，却把我们吵架的事情写在沙滩上？"

　　"梦"说："你救我的事，我会永远记在心里，而吵架的事，就让它随风而去吧！"这时"快乐"现身了，因为"梦"和"爱"的团结互助，不计前嫌，"快乐"一直伴随他们的左右。

　　原来，"梦想"只要有"爱"相伴，最终就能驶向"快乐"的彼岸。

第四部分

幸福素描本

中午的时候，会有人到溪塘钓鱼，我亲眼见到过的。但我没有看见一个钓鱼者把鱼带回家。这里的鱼就这样难钓？后来，我才知道，并非鱼儿难钓，而是人们都把它们放回溪塘了。每次钓鱼者临走的时候，都会把钓了一篓子的鱼全部放生。不过也好，如果他们一直钓下去而不放生，现在，溪塘怕早就没鱼了呢。

——王安忆佳《溪塘往事》

走近蓝印花布

任顾阳

今天下午，我们江海小记者参观了南通纺织博物馆。来到纺织博物馆，看见里面陈列着我们南通的特产——蓝印花布。

蓝印花布是中国民间传统纺织工艺之一，最早出现于汉代，又名"药斑布"。它格调朴素、高雅，寄寓着我们中国人独特的审美趣味和生活情调。我们继续向前走着，突然看到了一个车不像车，上面还连着无数条线的奇怪东西，老师告诉我们，这就是古代纺纱用的纺车。我用手摸了摸纺车上的线，感到线上带有棉花的手感，我好奇地问老师："这是什么？"

老师笑而不答，向四周望了望，说："你猜。"

我随着老师的目光向四周望去，突然盯住了墙上一幅图，图上画了许多人在摘棉花。"我明白了。"我兴奋地叫着，"这线是用棉花纺出来的。"老师满意地点了点头。

我们又来到一间房屋休息，这里的一切都离不开蓝印花布，窗帘是蓝印花布，沙发、家具也全都用蓝印花布铺在上面。我们各自找了一个位置坐下来，用手摸了摸，挺舒服。休息了一会儿，我们来到了另一个房间，这个房间里展示了蓝印花布的制作过程。讲解员告诉我们："蓝印花布全凭人工手纺、手织、手染而成，其图案全凭手工镂刻，花版镂空后，经过刷桐油加固，然后再用石灰拌黄豆粉，加水调成糊状，通过花版刮在布上，待布浆晾干后，投入缸内染色，染后的布呈深蓝色。被浆过的地方还是白色，然后刮去浆就出现镂印的花纹。"我想：那些工人们制作蓝印花布真是不易。最后我们还看到了用蓝印花布做的伞、衣服、领带。

通过今天的参观，我又进一步了解了蓝印花布，它是我们南通人的骄傲。

美丽的蝴蝶仙子

杨怡婧

在我家小书桌的右上角，摆放着一个美丽漂亮的芭比娃娃，她叫蝴蝶仙子，是六一儿童节的时候妈妈送给我的礼物。

蝴蝶仙子披着一头飘逸的金黄色的长发，长发上点缀着别致的发夹，发夹的样式独特又精致，仿佛能让我感觉到紫色、粉色、黄色的小蝴蝶正在花丛中飞舞一样，真是生动极了。

蝴蝶仙子的面庞光洁如玉，淡淡的紫色眼影下，闪烁着一双似乎会说话的大眼睛，秀气的小鼻子就像我在电视上看到的那些外国小女孩一样，很挺拔，而她那小巧玲珑的嘴唇微微嘟着，犹如两片合在一起的小月牙一般。

她穿着一条优雅又大方的吊带连衣裙，玫瑰红色的裙身上蝴蝶飞舞着，下摆淡粉色的长纱长及脚踝，在两侧敞开，露出了吊带连衣裙活泼的小下摆，小下摆参差不齐，如朵朵小花竞相开放。一条黑色的蝴蝶结腰带，环绕在蝴蝶仙子那纤细玲珑的腰上。

再看看她那双玫瑰红色的小舞鞋吧，鞋面上竟也是小蝴蝶翩飞的身影，而鞋帮上一圈一圈的丝带，缠绕在蝴蝶仙子那双修长的美腿上，更显得她亭亭玉立。

每当我写作业疲惫的时候，就忍不住抬头看看她动人的样子，她好像在眨着亮晶晶的大眼睛对我说："好好写作业啊，写完作业我们一起跳舞好吗？"我对她点点头，她让我的心情愉快极了。

写完作业后，我给她安上她那闪闪发光的紫色蝴蝶翅膀，于是，她一会儿翩翩起舞，一会儿又做出展翅飞舞的姿态，真是婀娜多姿，飘逸妩媚。

我喜欢我的蝴蝶仙子，她让我感受到了一种美丽灵动的梦幻气息。

雨中即景

张斯琪

"沙沙，沙沙……"

是谁在窗外演奏着动听的交响曲？是谁在卖弄着自己的清脆歌喉？打开窗子向外瞧去，哦，原来是下雨了。

我静静地趴在窗户上，成千上万滴水珠从屋檐上流下来，看起来我似乎已经走进了童话般的世界，来到了孙悟空居住的水帘洞中，诗意地吟诵起了"飞流直下三千尺，疑是银河落九天。"我凝望着，望着雨幕中远处的高楼大厦若隐若现，好似雨水就是一匹调皮的遮布，常常挡住我的视线，只愿让我欣赏它那婀娜的舞姿。

雨，越下越大。瞧，像牛毛，像花针，像细丝，密密地斜织着。雨水犹如一个个透明的小仙女，千姿百态地飘落下来。有的还来不及展示，就落在了小花上、嫩绿的草丛中，滋养着、付出着。有的潇潇洒洒，一圈圈地旋转着，陶醉在自己优美的舞姿中；有的却喜欢跟人们接触，依附在他们的耳朵上说着悄悄话。

没有山雨千变万化、色彩斑斓，可你却依然拨动着我的心弦，因为在城市循环演出的你，别有一番独特的亮丽风景。

不知道什么时候，雨，悄悄停了。难道你真的走了吗？不，风依然饱含你的芬芳清香，渐渐成长起来的嫩苗也留有你的微笑，在教室里还回响着嘹亮、清脆的歌声：

"春雨蒙蒙地下……"

钢琴宝贝

张　宝

在我9岁那年，爸爸妈妈给我买了一架钢琴。从此，我有了"伙伴"。

这架"115"型号的钢琴是黑色的，听说还是出口的呢！我打开琴盖，嗬！一排黑色、白色相交的琴键展现在我眼前，立柱式的琴腿，给人一种庄重大方的感觉。

过去，放学回到家以后，写完了作业，由于我近视眼，妈妈不让我看电视，自己在房间里，觉得很寂寞。可现在，有了钢琴这个伙伴，我的生活充满了快乐。每当我用钢琴弹曲子的时候，就感到很奇怪：为什么钢琴能发出声音呢？我总想解开这个谜。有一天，我趁爸爸妈妈不在家，小心翼翼地拆开琴盖，哇！一片大钢板，那上面有几十根琴弦，还有与琴弦一样多的琴锤，我弹了一下琴键，只见琴锤快速敲击琴弦发出声音。我高兴地自言自语道："噢，原来秘密在这儿。"

我幻想自己成为一名钢琴家，在舞台上为成千上万的观众表演，我用低沉的调子表现出人们的伤感，用清脆高昂的旋律奏出人们欢喜快乐的情景，用雄厚的乐声呈现出波涛汹涌的大海，用连绵起伏的琴声显示出重重叠叠的山峰……

我喜欢钢琴，因为它能奏出优美动听的曲子，因为它能表达出我的感情，钢琴是我生活中不可缺的"好伙伴"。

晕手机

滕　希

"头晕，头胀，恶心……"如果你曾经经历过，不用说你肯定一下子就猜出来了——晕车了！

我从小就晕车，晕的原因是公共汽车特有的几大特点：第一，汽油味儿；第二，烟味儿；第三，不流通的空气"味儿"（也许是过多人的味儿）！可是现在，我最害怕的却变成了手机的"味儿"。为什么手机会让我产生"晕"的感受呢？这还要从元旦假期那次乘车的经历说起。

那次还和以往一样，我又晕车了。躺在座位上，污浊的气流已经让我胸口发堵，喉咙发干，都快要吐出来了！我强忍着……突然，一段听起来让我耳膜发颤的《好汉歌》响起："说走咱就走啊，风风火火闯九州啊……"我闻声望去，只见那位喝得满脸通红的大汉慢悠悠地拿出手机，粗着嗓子"吼"道："喂喂！那啥，你谁呀？是我，怎么挂了？喂！喂！"可对方早就挂断了。他那说话的气势，可真让我充分见识了什么叫"粗俗"，正想着，汽车猛一刹车，大汉一屁股坐在了地上，惹得许多人偷偷地乐！

"哇——"，我终于吐了出来！可满脑子里却都是《好汉歌》那"震耳欲聋"的曲调，还有那位大汉的"吵骂"声……

从那天开始，我乘公交车就又多了一个晕车项目：洪亮的手机铃声！

快乐的假期

孙亦男

国庆节到了，我盼望已久的假期终于来了。

按照妈妈确定的计划，10月1日我就把作业完成了。10月2日一大早，我就和爸爸、妈妈、爷爷、奶奶一起出发了，我们的目的地是丹东。经过几个小时的奔波，我们来到了丹东。可别小看这个城市，要是我说这里盛产海鲜可不奇怪，重要的是这里的海鲜最好吃。不但这里的海鲜好吃，风景也很美。蓝蓝的天、白白的云，这样无污染的天空还真是少见呢！这样的风景，在我眼里，是数一数二的美！这里不只是"海鲜之都"，还是"英雄城市"。抗美援朝纪念馆展示了中华儿女不怕牺牲，保家卫国的精神。丹东给我留下了美好的印象。

游完丹东市内，我们坐船去了獐岛。在船上，我看到了天空中姿态优美的海鸥，还有片片海滩就像绿叶，衬托着座座岛屿；滚滚浪花像娇滴滴的花朵。我爱这片海域，因为它的宁静、美丽。到了獐岛，景色宜人，风景好美呀！可比城市里的灰调子强百倍呢！

獐岛是个小渔村，我们住的是一户热情的农家。到了住处没等爸爸妈妈把行李放好，我就已经闹着去海边玩了。到了海边，我看到一条小鱼，正准备抓它，它却跑了。我又小心地翻开了岩石，看见一只小螃蟹，于是我用手轻轻地抓住它，看，它多么可爱呀！更有趣的是，爸爸一不小心把刚刚抓到的小螃蟹丢到了岩石的空隙里，爸爸急得不知如何是好，也把小螃蟹弄得不敢动一下。爸爸费了好大的力气才把小螃蟹拿出来，放到我的手上，它的两只大螯抓得我手心痒痒的，好像在恳求我：小朋友，求求你放了我吧，我想回到大海里去找我的妈妈。于是我把它轻轻地放在了沙滩上，看着它爬回了大海。

第二天早上，我和爸爸妈妈来到海边，发现这有好多海鸥啊。怎么才能

让它们飞过来和我玩呢？很快我想出了个好办法，我将早饭没吃完的馒头拿出来抛出去一些，哇，海鸥的视力真好，老远的飞过来抢着馒头吃，不一会儿，已经有十几只海鸥把我围在中间了，还有胆子大的海鸥到我手里抢馒头吃呢。这些海上的精灵真是太可爱了。

很快，愉快的假期旅行结束了。这个假期里我过得快乐而充实。

义气螃蟹

宋启豪

螃蟹大家并不陌生:市场上，走过海鲜摊，就能看到；宴席上，只要有海鲜，大多都有螃蟹。当然上了宴席的螃蟹是死的。那么，我今天来好好说说我家的活螃蟹。

我想活螃蟹大家也不陌生：黑色的壳、两个大钳子、八个长腿，还"横行霸道"，这几乎是众所周知的了。然而，只要你仔细看，螃蟹就不止这样了。

螃蟹的壳是黑灰色的，而且壳边还有一些小刺，活像威武的大将军。"盔甲"间还有一对小眼睛。眼睛旁边还有两只大钳子，里面是倒刺，而且还特别有力气：能把一根牙签剪断！至于腿，没什么好说的，长长的，分几节，末端有长长的"趾甲"。翻过去，有一张小嘴和螃蟹的脐。

螃蟹的性格很奇怪，它既不像猫一样温顺，又不像狗一样忠诚，也不像蟋蟀那样好斗，而是好动而嫉妒心强的一种动物。

说它好动，其实是因为它更喜欢自由。可能因为一代代都生在很大的水池里吧，所以它向往自由。说它嫉妒心强，是因为螃蟹很讲"义气"。曾听说过一个小故事：渔民在抓螃蟹时，先弄一个小竹篓，再把螃蟹赶进去，不用盖盖子都行，因为一个上去，其他的螃蟹都会拽着它，不让他走。结果到最后一个都走不了。

我家的螃蟹更是这样，所以我不用为它们操心，因为一个要"逃生"，另一个肯定"提醒"它要"有义气"：紧紧地拽着它，不让它出去，实在是太有"义气"了，哈哈！

但有时，要"逃生"的螃蟹也会"乘人之危"，趁其不注意时"溜之大吉"，但往往不成功：不是这条腿碰到"守门人"，就是那个钳子碰到"守门人"。估计它自己也想：为什么螃蟹要长那么长的腿呢？

这，就是我家的一对"将军蟹"，无论在哪都讲"义气"！

预　兆

李志明

傍晚，俏燕低飞，炊烟着地。天灰蒙蒙的，一切都显得死一般的静，只有天上的乌云在不断地堆积并缓慢地移动，一切都变得恍恍惚惚。

水面上，一阵风吹来，微波粼粼，又一阵风吹来，水面上的粼粼微波变成了水雾并随即散开去，划成一个弧形，如一幅精美无比的图案。

渐渐地，天又黑了些。忽然狂风大作，令人厌恶地肆无忌惮地把地上的乱七八糟的污物一起卷上了天空。污物随风而去，飞得老高、老远，不知落往何处。街上骑车的人们低着头、猫着腰、眯着眼拼命地蹬着脚踏板往回赶，在家休息的人们则迅速地关门、关窗、收衣服……一阵风把原先的宁静搅得混乱起来。

天空的乌云，乍一看，它静止不动，像天空中的一块大黑幔；细一看，它在狂风的怒吼声中正滚滚而动，给人一种势不可挡的感觉。这时，风继续刮着，天更阴沉了，狂风吹走了热气，人们走出屋去尽情地享受凉爽。渐渐地，便觉得身上有了一丝丝凉意。此时，人们习惯地用双手紧抱住肩膀，这样才觉得暖和些。风，越刮越放肆。"叮咚，叮咚……"小河像传说中的魔鬼，摆起了疯狂的舞姿，又似一个什么灾祸即将降临。那些花草树木一个个拼着命惊恐地摇撼着整个身躯，想尽快逃脱这个可怕的地方。可任凭它们扭断自己的腰肢，也摆脱不了泥土对它们的束缚……约莫过了半个钟头，伴随着几道闪电和几声闷雷，风渐渐地停了。小河累了，放慢了脚步，停止了奔腾；花草树木倦了，也不再折腾，一个个垂头丧气，耷拉着脑袋……

这时的人们，都安逸地待在屋里，谈笑、聊天、嗑瓜子……把该是今天做的事挪到明天解决。

——这，预示着一场大雨即将倾盆而至。

从"菜鸟"到溜溜球高手

王伟鑫

刚刚下课，就听见楼道里不时传来阵阵的欢快笑声。这是怎么回事呢？原来校园里又刮起了一股流行风——同学们都玩起了溜溜球！

你瞧，走廊里多热闹呀！同学们拿着五颜六色的溜溜球玩得多开心啊。看着同学们玩着各种花样，我这个开朗的小男孩也被这股强大的风卷了进去，手里总觉得缺点什么，怪痒痒的。于是，下午一放学，我就冲进玩具店，毫不犹豫地用妈妈给的零花钱买了一个，红红的外壳，中间有一缕闪电，它叫"雷霆"。

我迫不及待地学着同学们的样子玩起来。谁知，在同学们手里跳舞的溜溜球，到我手里怎么就不听使唤了？别说玩什么花样，就连最普通的上下都不会！真是气死我了！恨不得把它当一团废纸随手扔进垃圾桶里，可我还是忍住了，谁让咱是菜鸟呢！

第二天，我急忙去请教"溜溜球高手"，原来，把溜溜球一扔下去，要及时一拉，它才会"跑"上来，什么时候拉、用几分力气拉，都得把握好时机。看来我昨天之所以不会，是没有掌握要领！于是，我利用课间和空闲时间，一遍一遍地练习着，终于找着了感觉，我的溜溜球变乖巧了，我能够自如地让它忽上忽下、忽高忽低、忽快忽慢地悠着，这感觉真是棒极了！

小溜溜球成了我的掌上明珠，我对它真是爱不释手：写作业累了时玩玩它，会使我写得更快；放学路上玩玩它，会使我忘掉所有烦恼；就连睡觉时我都会把它放在枕头底下呢！它成了我生活中必不可少的一部分。从认真地观察别人玩，到自己不厌其烦地练，还开动脑筋玩花样，现在，我能做出"抛砖引玉"、"婴儿摇篮"和"飞碟UFO"等花样，我已慢慢变成一名溜溜球高手了。

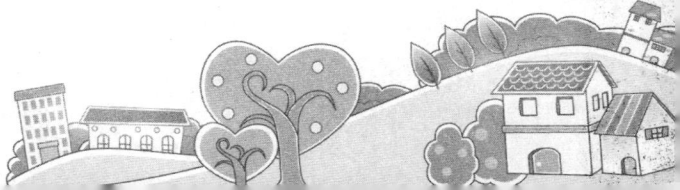

溪塘往事

王安忆往

　　矮墙的另一边，是一片溪塘，旁边是一栋老房子，对着外面的，是一扇雕花檀木窗，容纳着我童年的一幕幕往事……

　　夏天的早晨，阳光透过矮墙的罅隙，照在溪塘的水面上，零零星星，万般绚烂。塘底有游鱼穿梭，种类不多，但数量可观。它们向着有光照的水域游去，很喜欢阳光的样子——即使得到的并不多，那也是第一缕的温暖啊。如果，溪塘的早上没有阳光，那水底也一定是空荡荡的吧。

　　中午的时候，会有人到溪塘钓鱼，我亲眼见到过的。但我没有看见一个钓鱼者把鱼带回家。这里的鱼就这样难钓？后来，我才知道，并非鱼儿难钓，而是人们都把它们放回溪塘了。每次钓鱼者临走的时候，都会把钓了一篓子的鱼全部放生。不过也好，如果他们一直钓下去而不放生，现在，溪塘怕早就没鱼了呢。

　　傍晚时分，溪塘边的人最多，都是来散步的，但更多的，是老公公、老太太坐在一起谈论着家长里短：谁家的姑娘出嫁啦，谁家的小孩留洋啦，4号楼老王家的狗当看门的啦……这些看似琐碎的事常常挂在他们嘴边，不过这又有什么关系呢，这些，是他们的乐趣啊！

　　晚上，人尽散去，就像是聚会散了。寂静挂上了枝头。如果你有时间，便稍作等待吧，时刻一到，云会散开，皎皎的月光洒在溪塘上，那是迷人的光影啊，就像梦里重回浪漫的溪塘……

　　溪塘风景，终成往事。直到有一天，你会发现，在泛黄的记忆中，会不时幻出溪塘的影子……

我爱校园里的梧桐树

李洪彬

有的人以"岁寒三友"为榜样，有的人喜欢总爱翩翩起舞的柳树。而我却喜欢校园里的梧桐树。

梧桐树的树干粗粗壮壮，又高又直，还长着许多大大小小的树枝。它的树枝细细长长，又多又密，枝枝丫丫地向四面八方伸展开来，枝尖上还带着一点细细的绒毛。它的叶子像一朵三瓣花，脉络清晰有条不紊。叶柄较长，常常被同学们当小扇子用。

阳光明媚的春天来临了，梧桐树悄悄地披上了一层绿纱，那刚刚伸展开来的小叶子，显得那么嫩，那么绿，尽情地吮吸着春露，仿佛是一夜春风把它们吹开的。

骄阳似火的盛夏，梧桐树成了绿色的大伞，为人们遮阳挡雨；体育课上小朋友们坐在树下开故事会，微风吹来，带来阵阵凉意。

时间过得飞快。金色的秋天来了，梧桐树的叶子渐渐枯黄，飘落下来，像一只只金色的蝴蝶，在空中翩翩起舞。一会儿，给大地披上了一张金黄色的地毯，踩上去软绵绵的。

寒冷的冬天，梧桐树的叶子虽然落光了，可它那些枝枝丫丫的树枝上，还托着一层厚厚的白雪，好像一朵朵盛开的蜡梅。

梧桐树啊，梧桐树！你给人们带来了欢乐。我爱你——校园里的梧桐树。

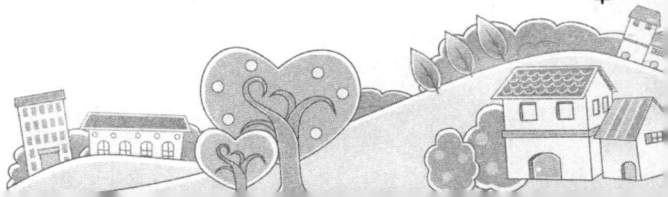

海上夜色

赵小凤

　　去年夏天，我和爸爸、妈妈到威海玩。我为了看到威海的夜色，在傍晚的时候，和爸爸妈妈来到海边。

　　太阳还没落下，夕阳的余晖洒在大海上，海面上闪着金光。海鸥不时地在海面上飞翔，用它们那洁白美丽的翅膀采摘着一朵朵金色的浪花。慢慢地，太阳躲进了西山墨绿色的怀抱。霎时间，海水由蔚蓝色变成深绿色。过了一会儿，海面上出现了星星点点的灯光，有红色的，黄色的，白色的。仔细看这些灯光，有的是静止的，有的是移动的，还有的在一闪一闪地"眨眼睛"。爸爸告诉我："静止的是抛锚的轮船，移动的是一些正在作业的船只，那一闪一闪的是正在给一艘艘船只指路的灯塔。"

　　又过了一会儿，星星布满了天空，月亮阿姨也将她秀美的月光倒映在海面上。月影横斜在海面上，仿佛在梳妆打扮。大海一片沉寂，只听见一层层的波浪在清爽的海风的伴奏下，轻轻地"哼"起了它们的小夜曲。天空中，星星却像一群顽皮的小孩子在跟大海捉迷藏。

　　我陶醉了，完全陶醉在这幅动人的海上夜色的画卷之中，我喜欢海上夜色。

美丽的育莲池

张子嘉

我们学校的育莲池特别美丽。

我非常喜欢看育莲池，一下课我就上育莲池的旁边看育莲池的鱼呀，花呀……

育莲池里荷花的茎是绿色的，有的是灰白的，好像一把把小雨伞的伞柄，荷花的茎上布满了细小的刺儿，抓住荷花的茎，手稍微有些疼的感觉，把荷花折断，茎上就有许多连着的丝，真是"藕断丝连"。

荷叶上缀满了洁白无瑕的荷花，这些荷花姿态不一，形象各异。有的荷花盛开了，白色的花瓣中，露出金色的花蕊和嫩黄色的小莲蓬在仰头微笑，散发出阵阵芳香。使你禁不住翘起鼻子一嗅再嗅。有的还是含苞欲放的花骨朵，花骨朵的尖儿是嫩红的，像小巧玲珑的火把，胀得马上要破裂似的。

育莲池里的鱼在快乐嬉戏，其中，有一只小金鱼正把头伸到水面吹泡泡呢！

你听了我的描述，是不是更爱我的校园了？

133

跟着镜头去旅游

张春毓

　　"呼——"暖风中带着一丝杀气，我紧盯屏幕，仿佛置身于热带雨林中，忽然，只听"嗖"的一声，一个斑斓的身影从草丛中跳出来，直奔前方的羚羊群，也只有一秒，一只身着金棕色花纹的豹子直接把一只羚羊摁倒在地，一口咬断它的脖子……如此惊心动魄的搏击，也许你已经猜到了，我看的正是《动物世界》。

　　激动人心的搏斗，耐人回味的知识讲解，生动有趣的动物故事是这档节目的几大亮点。可以毫不夸张地说，我是看着《动物世界》长大的。

　　"猎豹，食肉目猫科的单型种，外形似豹，但身材比豹瘦削，四肢细长，趾爪较直，不像猫科动物那样能够将爪子全部缩进……"伴着解说员的详细介绍，画面开始变动，豹妈妈捕到猎物后并没有将猎物分给自己两个儿女吃，而是将它拖上树，来引诱儿女上树，可两个小家伙都不会爬树，试过几次后，妹妹有了长进，知道了如何依靠树干来爬树，在它不断地努力下，终于爬上了树，来到了不断等待的豹妈妈身边，妈妈舔了舔妹妹的额头，便让到一边，让它大口大口地吃了起来。

　　闻到树上香甜的血腥味，树下的哥哥饿得嗷嗷叫，它一边用爪子抓着枝干，一边想跳上树，可惜，树太高了，哥哥在树下一次又一次地跳着，终于，它看到了一根特别结实的枝干，一下子跳上去，终于，经过几次的努力，哥哥来到了豹妈妈和豹妹妹身边，开始大嚼大吃起来，豹妈妈则欣慰地坐在一旁看着。一切都那么美好，夕阳也把最后一抹余晖洒在猎豹一家身上，浓浓爱意此刻弥漫。

　　我喜欢看着《动物世界》，跟着镜头去旅游，跟着镜头走进动物世界。

我

金魏向若

我呀，整个像一部《动物世界》的纪录片。

像 猪

在老爸的眼中，我就是一头吃了睡、睡了吃、什么事都不管的小猪。一整天我可以要么躺在床上呼呼大睡，要么坐在饭桌前狼吞虎咽，天天只在饭桌与床之间来回穿梭，其他事全然不顾。不过，猪也是动物中最有福气的，想吃饭就抖抖自己那胖乎乎的身子，想睡觉就四脚平伸，鼾声顿起。当然，这只是假期。

如 狗

如果说假期里，我是世界上最懒的动物——猪的话，一开学，我摇身一变，就成了全世界最勤恳、最任劳任怨的动物——狗。这"狗"可不是那么好当的，睡梦正酣时，听到闹钟的"滴滴"声，就必须以超光速爬起来，就如同狗听见了声响竖起耳朵、立起身子做进攻状。匆忙之间，我踏着铃声走进教室，然后像狗一样忠实地守着教科书、作业本。

似 虫

猪，乃我理想之境界也；狗，乃我被逼之无奈也。网虫也是我的理想。闲暇时，打开电脑，登上QQ，和朋友聊会儿天，浏览一下网上的时事，再

敲打着键盘玩会儿游戏，这是多么的惬意啊！光阴似箭，不知不觉中，时间早已过去了，我只好依依不舍地离开了那奇妙无比的网络世界。

类 虎

　　我的性格和老虎非常相像，脾气总是很暴躁。有时，别人一句无意的话也会点燃导火索，让我雷霆大怒，就好像"百兽之王"老虎在"训斥"自己的"子民"。

　　这就是我，一个像猪像狗像虫又像虎的我。

为自己竖起大拇指

唐张颖

在别人表现好的时候，我们会为他竖起大拇指。但是，在现实生活中，我们也应该时不时地为自己竖起大拇指，让自己变得更加自信。当然，我也曾经为自己竖起过大拇指。

记得那时候我才上小学三年级，那时的我只是一个平凡的中等生，在一般情况下，数学考试是能够应付过去的，可是在一次考试中因为粗心大意，一下被扣掉许多计算题的分，结果只得了80分！回到家后，我被妈妈狠狠地批评了一顿，而且被罚一个月不能看电视，一个星期不能出家门。那时，我很伤心，埋怨自己没有好好检查。

许多天后，数学老师宣布要再考一次，我想：这次一定不能再粗心了。于是，当天晚上我好好地复习了一遍。到了第二天上午，开始考试了，我的心里非常紧张，生怕考不好又要挨批评了，因此，整场考试我都心神不定，一直到考试结束。

第二天考试结果出来了，我一看，虽然多了几分，但还只是86分。回到家里，我立马关上房门，把自己锁在房里，晚饭也不吃。到了晚上7点的时候，爸爸用备份钥匙打开了房门，对我说："怎么了，晚饭也不吃？"我伤心极了，一下扑到爸爸怀里，跟爸爸说出了整件事的经过，爸爸听了，笑了笑对我说："没关系，你上次考了80分，这次考了86分，你不是已经进步了吗？你要学会为自己竖起大拇指，虽然这次你考得不是很好，但毕竟进步的事实是改变不了的，对吗？"我听了，终于豁然开朗，不由得在心里为自己竖起大拇指。

后来，只要在学习上有进步，我都会及时地为自己竖起大拇指，我的自信心越来越强，我的学习也越来越好。

137

第四部分 幸福素描本

我与分数的对话

安 琪

我上一二年级的时候100分常与我见面。我就对100分说："100分，既然你和我常见面，我们就交个朋友吧，好不好？"100分听我说这话赶忙若有所思道："以后再说吧，不一定偏和我成为朋友啊。"

我上三年级的时候就从来没有见过100分。

于是我就问100分的兄弟95分："唉，95分，这段时间怎么都没有见到你大哥100分呢？他是不是不敢和我交朋友啊，是害怕太累了吧？"95分低着头半天没有说出话来。

不知怎么搞的，我上四五年级的时候，95分也离我而去了，真不知道它们都在忙些什么。

有一天我和90分聊天，就问他："90分，最近这两年怎么没有见到你的大哥和二哥呀，说句实话，这段时间没有见到他们，也挺想他们的，是不是不愿意见我呀，怕我非要逼他们和我交朋友呢，还是自己窝在家里研究做一番大事业？真不够意思！"

90分说道："他们是工作得太累啦，休养一段时间就会重新回到岗位上去。"我一听这话眼睛里放射着光芒，心里别说多高兴啦！

6年级上学期的时候，90分和95分又再一次出现在我面前，我看到他们非常生气，他们紧紧地拉着我的手对我说："我们做永远的朋友吧。"我摇着头、摆着手把他们远远地抛在我的脑后，并狠狠地对他们说了一句："我不喜欢你们，你们走吧，不想再看到你们。"90分和95分低着头羞愧地走了。在剩下的一段小学生活里，我要继续努力，好好学习，争取把100分这个好朋友交到手。

经过我的不懈努力，100分终于肯和我交朋友了，他还告诉我做事不要太骄傲，100分和我一起走过了6年级。

138

第五部分

撷半片香柚

　　通过猜字谜活动，我真正体会到了汉字的有趣。比如，你猜一猜这个字谜吧："加减乘除少一点"这个字是什么？你猜不出来吧。我告诉你吧，这个字其实是"坟"字！怎么，你不服气？好吧，我再问你一个："此字不凡仅四笔，无横无竖无弯钩，国王见了要起身，圣人见了要行礼"，你猜出来了吧，没错，这个字就是"父"字！怎么样，好玩吗？汉字的有趣你感受到了吧！

——岳妍《汉字的乐趣》

如果生命只剩下48小时

陈静怡

48小时，两天。

在这两天中，别人可以吃喝玩乐，但我不能。因为再过48小时，我就要走到生命的尽头。

不记得哪位先哲说过："人固有一死，或轻于鸿毛，或重于泰山。"我的生命是比泰山还重，还是比鸿毛还轻呢？我不知道。我死后会有多少人为我流泪呢？我不知道。作为一名学生，我对知识的了解究竟有多少呢？我不知道。但我知道这些问题只有别人才知道答案。

在这最后的48小时里，我会看一看小时候的照片，翻翻小时候写的日记，我相信，这些是最能勾起我美好回忆的东西。

当我想起童年的种种趣事，我会感到很快乐。想起小时候爱看的卡通片，我禁不住笑出声来："真幼稚！"

时间一分一秒地过去了，我的生命就快接近尾声了。这一天，会有多少人跟我一样？他们会怎样度过这最后的时光？不管别人怎么做，反正我不会愁眉苦脸，我要好好地、细细地回忆童年的快乐。

听着时针滴答滴答地响着，我开始对生命依依不舍了。我听着鸟儿悦耳的歌声，看着小溪欢快的流动，这种感觉就更浓了。

在我生命的最后几天中，天，依然蓝；云，依然白；树，依然绿；太阳，依然火热，并没有因为我即将离去而失去光彩。天空突然下起了鹅毛大雪，洁白的雪花为我跳起了舞，就这样静静地飘落，让我和雪融为一体，一起等待春天，等待永生。

再见了，美丽的世界！再见了，亲朋好友！再见了，那些花开花谢！朋友们，让我们在天上人间一起等待春天！

伸出你的手

邢　亮

我常常想起她对我的帮助，很渺小，很微不足道，却让我铭记终生。

她是我的同桌，以前别人一提起她，我就会厌恶地长叹一声，不想提她。忘了是从什么时候开始的，其实都是鸡毛蒜皮的小事。但后来也是因为一件小事，我改变了对她的看法。

那是一个早晨，我去车站乘车上学，路又湿又滑，很难走。时间还早，路上没有人。这时，前面一个一瘸一拐的身影映入我的眼帘。是她，单薄瘦小的身材，拖着一条有残疾的腿，步履蹒跚。渐渐地，我快超过一步一摇的她了，正想加速走过去，忽然，她身子一斜，重重地摔倒在地上。在这突如其来的一瞬间，我一时不知所措，愣在了那儿。片刻，我绕过她走了过去。

走了几步，我偷偷地回头看她，见她用左手撑住地面，努力想站起来，她用右手抓住路旁的一棵小树，随即，左手又抓上去，缓缓地站起来。可怜，她真可怜，这时，我忽然感到一丝羞愧，在她需要帮助的时候，而我竟然袖手旁观。她重新迈开了脚步，为了不迟到，明显加快了步伐。

我快速转回身，怅然若失地走着，我觉得摔倒的不是她，而是我摔了满身污泥。我脑子里翻滚着，忽然脚下"哧溜"一下，竟然摔倒了！在这最不该摔倒的时候，却出了洋相。正在这时，一双纤细的手向我伸来，那双手沾满泥巴，却充满真情。"你没事吧？"她轻声问候着，抓住我的手，把我从泥水中拉起来。

我什么也没说，能说什么呢？我的心中只有内疚，只有羞愧。与她相比，我实在太渺小了。她是瘦弱的，她是有残疾的，而此时，她比任何人都要高大。我看了看她，这时才发现，她的目光是那么清澈，笑容是那么真诚。我向她点点头，匆忙向前跑去。我是在掩饰尴尬，因为我心中已如翻腾的大海。

从那以后，我常常会想起那双纤细的手，心中开始拥有了对别人的宽容和友爱。

141

第五部分　撷半片香柚

从明天起

金健萍

小时候，常常在屋子里对着蓝蓝的帘布发呆。帘布上的天空异常明亮，透着光，我深深地爱上了那充满神奇色彩的帘布。偶尔想着，明天会是什么样子？明天妈妈会给我带来什么新的东西？明天爸爸又会带我去哪儿玩呢？常常，我就这样想着，想着……

慢慢地长大了。偶尔黄昏，坐在阳台上，听爷爷吟唱"问君能有几多愁，恰似一江春水向东流。"听爷爷讲述中华民族的历史长河，那沉淀着千百年来文人墨客智慧的结晶——诗歌，一首首诗宛如一幅幅不同的画，充满一种说不出，道不尽的意味。在这个诗意的画卷里。我决定，从明天起，做一个充满诗意的人……

从明天起，做一个充满诗意的人，感受四季的拥抱。

阳光的照耀下，荷花、莲叶给人以夏天的热情。当枫叶红遍山时，秋天来了，漫山遍野的枫叶带来了火红的季节。风一吹过，枫叶随风飘落，落在地上铺成一条红色的小径。车轮碾上去，"吱吱吱"，让人不忍心打破这一时刻的宁静，只能停车静静欣赏秋天的美丽。冬天带来了傲雪红梅，"墙角数枝梅，迎寒独自开。"在一片雪白的天地里，那顽强的梅花，不畏风雪，在白色中增添了生命的色彩，带来了生命的气息，带来了扑鼻的芬芳。

从明天起，做一个充满诗意的人，享受人生的精彩。

在苍茫的大海上，狂风卷集着乌云。在乌云和大海之间，海燕像黑色的闪电，在高傲地飞翔。当暴风雨来临时，不再畏惧困难，不再畏惧挫折，因为我知道"长风破浪会有时，直挂云帆济沧海。"我会勇敢地生活，带着诗人们高昂的气势，对自己说加油，永不放弃！我不会停下前进的步伐，因为我知道"会当凌绝顶，一览众山小。"只有身处人生的高度，才能俯瞰一切，站得高，望得远。做人生的攀登者，永不止步，向着人生的目标不断努力奋斗！

从明天起，做一个充满诗意的人。感受四季，享受人生。从明天起，用诗歌谱写人生。当太阳从地平面上悄悄露出脑袋开始，做一个充满诗意的人，珍惜明天，大胆追逐！

感　恩

曲泽平

羊有跪膝之乳，乌鸦有反哺之恩，既然动物都知道感恩，我们难道不应该学会感恩吗？

当我们呱呱坠地时，我们的父母就肩负起了一个重要的责任，要好好地照顾我们。父母一直无怨无悔地爱着我们，而当我们长大了，父母的头上却多了几丝白发，但我们却一直以为这是父母应该做的，而忘了感恩父母。现如今，父母为我们操劳了这么多年，我们不应该感谢他们吗？

春风吹拂着大地，代表妈妈温柔的爱，无私的关怀。都说女儿是妈妈贴心的小棉袄，但我是个男孩子，不过我会用自己的方式去爱妈妈，我还会在关键的时候给予妈妈信心和勇气，我会买下一束康乃馨，让它那淡淡的香气带去我的祝福。

6月的火热烘烤着大地，代表着爸爸火一般的热情与关爱。在父亲节这天，亲爱的爸爸，我要好好感谢您。是您在我遇到困难时给予我帮助，是您在我苦恼时逗我开心，您用如火般的爱温暖着我，用不屈的精神鼓励着我。知了声声，用清脆的声音带去我对您的感激。

9月的秋风带来了片片黄叶，代表着老师无私的奉献。这些年来，老师不辞辛苦地教我们知识，教我们做人的道理，而您却不求回报。秋风飒爽，带去我的感谢。

还有那些默默无闻的劳动者，如果没有你们，哪有摩天大楼？没有你们，哪有可口的蔬菜水果？没有你们，哪有舒适温暖的衣裳？正因为这样，所以，我要好好地感谢你们！

父母给予我们生命，老师给予我们知识，劳动者给予我们衣食住行。我们生活在这样的一个社会里，难道我们不应该感恩吗？如果这个世界没有感恩之心，就没有笑容，笑字也会随之被人淡忘。

感恩，是从每个人身边的小事做起。一份祝福，是感恩；一张贺卡，是感恩；一丝问候，是感恩。在我们身边值得感恩的东西太多太多了，所以，让我们从自己做起，用感恩的心去丈量世界，去温暖世界。

给红领巾的一封信

尹　杭

亲爱的红领巾：

　　你好！

　　我是一名普通的少先队员叫尹杭，今年上四年级。在中国少年先锋队建立61周年之际，我不禁心潮澎湃，仿佛有千言万语想向你诉说……

　　记得我一年级入队的时候，学校里的大哥哥和大姐姐们到班里教我们戴红领巾。教我的是一个大哥哥，我看到他身上最显眼的就是他脖子上的红领巾。他来到我身边时，解下了他那鲜艳的红领巾，围在了我的脖子上，左围一下，右绕一下。开始时，我看得很晕，觉得戴红领巾是件很难的事情。后来他又演示了几遍，我记住了是怎么回事，就告诉了他。他让我自己试一下。红领巾拿到手上时我感到很顺手，很快就系上了。他们走了之后，老师给我们班的同学一人发了一条红领巾，并说："这条红领巾一定要每天佩戴。"我记住了这句话。第二天，正好是星期六。下午，妈妈让我和她一起去商场买东西，我就戴着红领巾高高兴兴地出门了。可是，我看到很多同龄的小孩都没戴红领巾，我就满脸困惑地问妈妈："他们怎么都没戴红领巾啊，是不是都没入队啊？"妈妈说："休息日是可以不戴红领巾的。"我这才恍然大悟，原来我误会了老师的话，老师说的"每天"是上学日的每天的意思。

　　从那以后，每次上学，我都认真地佩戴好红领巾，并且以少先队员的标准严格要求自己。每当我想调皮捣蛋的时候，一看到胸前的红领巾，就会感到有一种责任感在鼓励和鞭策着我，因为红领巾是少先队员才能佩戴的，而少先队员是中国先进儿童的组织，我不能辱没了这个光荣的称号。

　　红领巾，你本身并不贵，只要一元钱就可以买到。可是我很珍视你，每天回家都叠好、放整齐。佩戴时也要让你规规矩矩。每当我看到有的同学的红领巾被撕成了一条条，或者边缘磨得像锯齿一样，或者脏得、皱得像抹布一般，我就感到一阵阵地心痛，因为我觉得有些东西，比如说对荣誉的珍视、对信仰的坚持不是用钱可以买得到的。

一转眼，现在的我已经上4年级了，我也成了一年级小同学的大哥哥了。前几天，老师要在班里找15个佩戴红领巾比较标准的同学去一年级教小同学系红领巾。选了几个同学后，老师一眼就看到我了，就叫我去了。到了一年级的教室，我觉得很熟悉，因为以前大哥哥就是在这里教我的，而现在我变成大哥哥来教"小宝宝"了。我教的是一个印度小男孩。刚开始我以为他不会说汉语，就叽里咕噜地说了一通英语，结果他一脸茫然、毫无反应。这时他的一个同学过来了，告诉我印度小孩会说中文，我这才说起了中文。后来，我成功地把他教会了，不由得有了一种"腾云驾雾"很得意的感觉，同时也增加了知识：原来不仅中国孩子可以加入少先队，外国儿童在中国上学的，只要表现好，也同样可以戴上你、拥有你。

今年是中国少年先锋队建立61周年，你也经历了61年的风风雨雨。再过几年，我就要入团了，可能不会和你永远为伴了，可是我真的很珍惜你、爱护你、依恋你——你是我生命中的一盏明灯，给我指明了方向，给了我前进的动力。

尹 杭

2011年4月13日

147

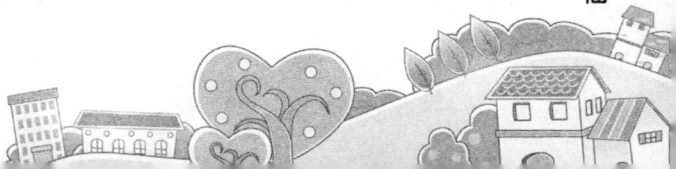

畅想明天

田凌宇

　　"燕子去了，有再来的时候；杨柳枯了，有再青的时候；桃花谢了，有再来的时候。但是聪明的你告诉我，我们的日子为什么一去不返呢？"读着朱自清的《匆匆》，我又一次感受到了时光流逝的匆忙。人生能有多少个明天等着你？

　　多少人期待明天可以痛快地尽情享受，相信明天的心情总比今天好，其实明天的一切都是今天努力创造的结果。

　　多少人在对明天充满幻想：明天我会变成王子，明天我会变成一只漂亮的蝴蝶，明天我不需要大人们的约束，明天我成熟地走向社会……其实明天的一切奇迹都不需要惊奇，因为你今天做了百分之二百的努力，所以是顺理成章的事。

　　知了不停地叫，有一天它也会疲劳；花儿一时的芬芳，有一天也会凋谢；阳光一缕缕地照射，但它也会消失……一直停留在岁月的痕迹，你的人生一定不会精彩，而坦然地直对今天、面对明天，甚至更多的未来，尽管你做错些什么，至少还有意义存在。

　　有多少人曾成为语言的巨人，行动的矮子，寒号鸟每天说垒窝，直到冬天冻死也没有见窝的影子，而有些人呢，每天都在回忆过去的辉煌，却不想想，今天不奋斗，到了明天，就有人超过你。

　　凿壁借光、悬梁刺股才是我们学习的榜样，不做贪恋美色的纣，不学无术的霍光……要想创造辉煌，必须付出今天的努力，要想避免明天的暗淡，那就不要荒废今天的大好时光！

　　人生的每个精彩，每个辉煌，每个明天，都要我们去体验、创造、主宰。

　　活着，为的是为明天做点事，一滴水是有湿润作用，但一滴水只有加入河海，才能汇成江涛。

　　时间就是生命。我们的生命一分一秒地消逝着，我们平常不大觉得，细想起来的确值得警惕。我们有许多的零碎时间在不知不觉中浪费了，我们若能养成一种利用闲暇的习惯，做些有益于身心的事，则积少成多，终必有成。

　　为了美好的明天，让我们回首昨天，珍惜今天，向未来展翅飞翔。

我的座右铭

张苗苗

人人都有自己的座右铭，一句好的座右铭可以激励人们奋进，提高人的觉醒力，提醒自己时刻去保持那份好习惯。当然我也有一句座右铭，那就是："因自满而受害，因谦虚而得益。"这句话时刻激励着我、伴随着我。当我投机取巧时，当我要放弃时，他都会提醒我，拉我从困难中走出。

"因自满而受害，因谦虚而得益"这句话的意思是：自满招来损害，谦虚便会得到益处。自满使人沾沾自喜，使人不去努力，不思进步。谦虚才能让人不断地进步、不断地有所收获。记得去年期中考试，我得了双科优，高兴得又蹦又跳，笑得合不上嘴，总以为自己学得很好，很扎实，还瞧不起那些成绩差的同学。我有了这种骄傲自满又自大的心态，上课时，也不认真听讲了，期末考试时考得也不错。到了5年级时，也不好好学习了，结果期中考试成绩一落千丈，只考了八十多分。这时我才领悟到骄傲、自满真的害了自己，所以我才把这句话当作座右铭，时时刻刻警告并告诫自己无论做什么事取得多大的成功，都不可以骄傲，只有谦虚才能使人进步。

这句座右铭时刻伴随着我，只要我想到这句座铭，就不会迷失方向，就不会犯错误。激励着我不断进取，我喜欢这句座铭。

朋友之间

杨 航

一个人不能孤立地生活在社会上，因为有各种各样的难事要做，因此需要大家的合作。人的一生就要靠人与人的互相帮助，时间虽然能改变一切，但却冲不淡朋友之间那浓浓的友情，拉不开我们紧握的双手。朋友这两个字，代表的不仅仅是宽容、信任和理解，更多的是关怀和鼓励。

我向来是个病秧子，打个喷嚏、患个感冒、发个烧都是我再平常不过的事了。为此我多次向上帝祈求过，千万不要在关键时刻让我和病魔对抗。然而，我向上帝祈求之时，上帝去旅游了，竟开了这么大的玩笑——

素描考试前夕，一场大雨，使我倒在了床上，爬不起来了。

又一个白天，下着雨，密集的雨点打在窗玻璃上，"啪啪"作响，我美术班的好朋友王天洋、郭今标风似的赶来，浑身湿透了，头发上的雨滴滴在他们的鼻子上。只见王天洋从衣服中拿出画夹、纸、铅笔和橡皮，又拿到我跟前，让我画一画。在朋友的帮助下，我渡过了难关。他们还说："有我们，你还会闯不过去？"

你一旦有了朋友，就会发现，他们不仅在你需要帮助时援助你，而且会使你体会到生活的乐趣。他们也是好老师，教你很多关于生活和社会的知识，他们可以帮忙解决很多难题。有了朋友，你会发现，生活原来是这么美好！

151

努力做个幸福的圆

林思源

《失落的一角》是美国著名插画家、剧作家谢尔·希尔弗斯坦的作品。他以简单的插图和语言，为我们揭示了一个蕴涵着深厚道理和人类共有的缺失。我读完以后，深有感触。

故事的主角是一个缺失了一角的圆，它没有那一角，感到不快乐，于是它历尽了千难万险寻找那一角。在路途中，它和甲虫赛跑，可以看风景，可以闻花香……它很快乐，但是在它找到那一角后，反而失去了快乐，因为它失去了追求的目标，也就不能在追求的过程中享受快乐。

世界上没有十全十美的人，即便是有的话，那它的人生将会一片灰暗。因为他没有为自己留下努力的空间，他不会知道只有在努力的过程中，我们才会真正地享受到无穷无尽的快乐。人没有十全十美的，其实我们不必害怕自己的缺失和不足，我们要正视缺憾，把它们看成是上帝留下给我们努力和自我完善的空间。我们要不断地求索，在求索的过程中，我们会像那个圆一样，和虫儿说话，闻闻花香，和甲虫赛跑，与蝴蝶嬉戏……我们能够体会过程的美丽。人们却往往注重事情的结果，忽略沿途的风光。其实，过程往往比结果更美丽。

由此看来，人生的快乐在于追求，我们也要有坚持不懈的追求精神，在追求的过程中获得更大的快乐。

如果，我是这个圆的话，我会把那一角当成追寻的目标，而不会过于看重追寻的结果。在追寻的过程中，可能还会有许多磕磕绊绊，我也许还会丢失一角，但我会把它当作一种动力，因为这是不断努力的目标。我是一个快乐的圆，因为我已经享受到了人生中最大的快乐，即便没有找回那一角，我也不再会为它感到遗憾了。

所以，作为一个圆，也要有它的追寻目标，努力做一个幸福的圆、一个快乐的圆、一个乐观的圆！

耕 牛 图

梁　睿

在我的书桌左上方，挂着一幅《耕牛图》。它虽然不是出自哪位名画家之手，可我却异常地喜欢它。这幅画是我12岁生日那天，爸爸作为礼物送给我的。

那天，亲戚朋友们都来了，奶奶还特意办了一桌酒席，欢庆声中，大伙都拿出礼物给我。有诱人的蛋糕，有逗人发笑的无锡泥娃娃，还有黑白相间的足球……琳琅满目，差不多可以办个杂货店了，笑得我乐不可支。

"哗！"爸爸打开画轴，原来里面是一幅名为《耕牛图》的水墨画。唉，我顿觉扫兴，心想，爸爸也真小气，竟送我一幅满是墨汁的画。爸爸看出了我的心思，意味深长地说："蔚蔚，礼轻情意重呀！你会明白的。"我被这几句无头话搞得莫名其妙。礼轻情意重？我再次展开画一看：远处是朦朦胧胧的山峦，近处是肥沃的土地，一头黄牛正在辛勤地耕作着。它的四肢是那么健壮，魁伟的身上沾满了泥巴。此时，它的尾巴正高高甩起，用来鞭策自己……蓦然间，我全明白了，明白了爸爸送给我这幅画的用意。

我每天清晨起床，第一件事就是看一眼那幅《耕牛图》。每次遇到不顺心的事，自暴自弃的时候，一看到《耕牛图》，我又会对未来的生活充满信心。因为《耕牛图》给了我无穷的力量！

有时，我会举着《耕牛图》看上半天，思绪万千……忽然间，画中的耕牛活了，它甩开健壮的四蹄，在宽阔的、肥沃的大地飞奔起来，在它的身后，留下了被犁过的田地。一会儿，耕地上长出了无数庄稼苗，庄稼苗又变成了累累果实。耕牛憨厚地笑了笑，又奔向新的未开垦的土地……

耕牛，有着坚忍不拔的精神、无穷无尽的力量，它何尝不像我们可爱的战士。

耕牛，又何尝不是成千上万勤劳质朴的中国劳动人民的一个缩影。我爱《耕牛图》，我更爱《耕牛图》的耕牛。

窗外落叶依旧

丁元伯

　　整整一个上午，我一直盯着窗外那棵树，为什么他不留下自己每一片叶子呢？我喜欢看到满树蝶舞的绚烂，而不愿去领略光秃秃的树干无语直问晴空的决绝，更不愿听到静夜里雪落空枝时的喟叹。那一片片树叶应该降生后就一直挂着，寒来暑往仍纹丝不动地长在那儿，不知季节更替，不懂人生轮回。每年入秋，我便盼望着叶子依旧，但总也不能如愿。

　　树叶，依旧落了，保护着年迈的泥土，有的才刚落下，有的已经由于腐烂而献身于泥土。谁说树叶冷无情？化作春泥更护花！树干上的皮已显得苍老，树丫上的麻雀也叽叽喳喳地乱叫，嬉戏的孩子没了，风筝的影子没了，周围只是一片难得的寂静。

　　树叶，你落吧！不必怕碾入尘中。我一定会拾起你来，在阳光下细细看你这一生的纹路。体味你春的青嫩、夏的浓郁、秋的空灵，探寻叶脉间牵牵绊绊的心思，揣摩叶缘边若有若无的起落。

　　树叶，你落吧！我可以把你夹入书中，尔后日日陪我翻书。直至你变得镂空，也不会将你丢弃。透过你，可以将一起看过的文字交给太阳晾晒，将一起发过的感叹交与月光梳理。

　　树叶，你落吧！我一定会细心收藏你，不必经冬的磨砺，不必怕雪的浸淫。拥坐火炉，在微醺的暖意中闻着枝头残留的清香，慢慢等待春的消息。这样，再漫长、再沉静的冬日又有何妨呢？

　　夏要走，秋会来，冬会去，春还会再回来……当雨再下起来时，窗外的树又会绿了，又会有一批新的叶子被这充沛的雨水催发，细细嫩嫩地在这春里伸展着。这就是绿叶的生命，在灿烂中消逝，去保护着自己的母亲，滋润着母亲那怜悯的心，疼爱着母亲那粗糙的皮肤……

　　褐黄色的泥土包含着绿叶的爱，我深深感受到了窗外落叶的那份真诚、那份厚重的情感。

《留学归来》带给我的启示

刘　扬

　　我读了《留学归来》这本书，深受教育。书中介绍了93位留学回国人员的先进事迹，十分感人。

　　我国留学生从祖国走向了世界各地，在不同的国家发奋苦读，取得了丰硕的成果。当他们学成以后，又从四面八方回到了自己的祖国。国外先进的实验设备没有留住他们，国外优厚的物质待遇和优裕的生活条件，也没有留住他们。这些留学生们是怎么想的呢？

　　"青年诺贝尔奖"获得者——北京大学教授陈章良博士说过这样一段话："作为一名留学生，我们都有责任和义务把自己学到的先进科学知识毫无保留地贡献给自己的祖国，一个留学生要有人民的信任和国家的支持，有老一辈科学家们的关怀和帮助，有为科学献身的执着追求，那么在国内同样能做出世界一流的成绩，在祖国的建设中有大的作为。"陈章良的话，说出了每一位留学回国人员的心声。

　　读了《留学归来》这本书，我深深体会到：一个人只有热爱自己的祖国，你的前途才是最光明的；一个人只有把根扎在祖国的大地上，你的根基才是最牢固的；一个人只有把知识贡献给自己的祖国，你的聪明才智才能得到最充分的发挥。

　　读了《留学归来》这本书，使我想到了自己。自己虽然还是个小学生，但从小就应树立热爱祖国的信念，长大后，为祖国的现代化建设贡献力量。

有一种理想叫穿越地平线

曹奕扬

从小我就有一个理想，希望穿越地平线走向远方，我把它叫作"穿越地平线的理想"。也正是因为这种强烈的渴望，使我有勇气不断地学习，不断地克服困难。在我生命中就有一个榜样，他是我的"邻居"，是我终生的榜样，他的名字叫徐霞客。当然，那是500年前的"邻居"。我敬仰徐霞客，不仅因为他是我们的先人，更因为他是我的偶像。所以生长在江阴，有霞客爷爷这样的"驴友"做邻居，真是幸运而幸福的事。

徐霞客，一位大旅行家、地理学家、文学家，一个风餐露宿的诗人，一位不断求索的勇士。他用一生来追寻祖国的伟大与神秘，他用实际行动来证明人类的不懈努力与顽强。一个人走遍千山万水，历经千难万险，最终著成了不朽的著作《徐霞客游记》，我想他是一名真正的侠客，他虽然没有飞檐走壁的本事，但他有壮士断臂的勇气；他虽然没有高大如牛的体质，但他有中华儿女铁铸的意志。

徐霞客给我带来了穿越地平线的渴望，所以我也下定决心，如果徐霞客走遍了中国，我，就要走遍世界！我虽然现在只有10岁，但是，我从小就已经开始跟着爸爸妈妈"闯江湖"了。当年徐霞客走过时，也许这两棵树还小吧，如今古树老当益壮，野山碧水还在。追随霞客爷爷的足迹，鹅鼻嘴公园中浩瀚的长江之水在我脚下淙淙流过，美丽富饶的华西村留下我嬉戏的足迹，桂花飘香的中山公园的紫藤树下传出我快乐幸福的歌声。海南岛上我摘过椰子，普陀山海边我抓过海蟹，我还将领略黄河的雄伟和首都天安门的壮观。还有西藏，听爸爸妈妈说那里是离天堂最近的地方，那里的天特别蓝，云特别白。有雄伟的布达拉宫，有美丽的湖泊，有神秘的雪山……我们的脚步将走向更远更远的地方……

只要你用心

孙佳莹

那是一个阴雨连绵的傍晚，我手中提着一张88分的语文考卷，无比沮丧地走在回家的路上。道路两旁的一棵棵杨柳轻轻摆动着枝条，似乎也在讥笑这可怜的分数。我感到前途一片黑暗，世间万物都失去了光彩，一切变得如此黯淡——只有父母那一阵又一阵的责骂声在我耳边回响。

我低着头踏进家门，径直坐到了沙发上，拿出那张令人烦恼的考卷，等待着一顿劈头盖脸的臭骂。就在这时，妈妈那不容反驳的话语，进入了我的黑色世界："没事儿，失败是成功之母，只要你用心，就一定能冲破被黑暗笼罩的原野，一览美丽的风光。"这句话，犹如一盏明亮的灯，使我重新拾回了信心，对未来充满了希望。

从那天起，我便把这句话当成了自己的座右铭，让它时刻激励我。当我在生活中遇到了困难，我便对自己说："没有人不经历失败，加油！"当我取得了成功，我也会提醒自己：骄傲使人落后，你还不是最好的，继续努力吧！渐渐地，我从黑暗中走了出来，去奔向那无际的光明。

有一次妈妈找到我，又告诉我："你的语文水平的确在提升，所以，我希望你把这个理念再放到其他科目中去，努力向前，追求成功。"我对妈妈的话深信不疑，便在应用这个理念时，将它发展到各科目中去，并不断加强。终于，我已经不是一年级时那个不起眼的小学生了，现在，我光荣地当上了红领巾每周检查人，并在杂志上发表了好几篇文章。这些，都是在妈妈的谆谆教导中实现的，如果没有她，说不定，我也不会有这样的结果——当上副班长。

是的，妈妈那句话语，我将铭记一生，它必将成为我努力向上，追求更好的催化剂！

汉字的乐趣

岳　妍

每当我阅读文章或是写作业的时候，常常为面前的一个个汉字而动情：她们像一个个活泼可爱的孩子在纸上嬉戏打闹；像一朵朵美丽多姿的花儿愉悦我的眼睛；像一只只翩翩起舞的蝴蝶炫耀自己的美丽……这时，我真正享受到使用汉字的乐趣，体会到作为一个中国人的欢乐。

汉字是我们平常交流的工具，看书、读报、写信、作文，都离不开汉字，但是，你对汉字有更多的了解吗？个中滋味待我慢慢道来。

通过猜字谜活动，我真正体会到了汉字的有趣。比如，你猜一猜这个字谜吧："加减乘除少一点"这个字是什么？你猜不出来吧。我告诉你吧，这个字其实是"坟"字！怎么，你不服气？好吧，我再问你一个："此字不凡仅4笔，无横无竖无弯钩，国王见了要起身，圣人见了要行礼"，你猜出来了吧，没错，这个字就是"父"字！怎么样，好玩吗？汉字的有趣你感受到了吧！

同学们，你们知道汉字的演变过程吗？汉字由最早的"甲骨文"，经"金文"、"小篆"、"隶书"、"楷书"、"草书"演变到现在的"行书"。这些无不体现了汉字书法的奇特魅力！篆书隶书，古色古香；行书流畅，正楷端庄；狂草奔放，凤舞龙翔……汉字啊，你真是太神奇了！

汉字传播着中华文明，有着独特的魅力，但如果不正确使用汉字，将会闹出笑话，甚至造成巨大的损失。

就说我班同学的作业吧，你看，有的把"本"字的一横给丢了，变成了"木"字；有的把"今"字多了个点，变成了"令"字……读错音也会闹笑话的哦！新上任的知县是山东人，因为要搭帐篷，他让师爷去买两根竹竿来。师爷把山东腔的"竹竿"听成了"猪肝"，连忙答应着，急急地跑到肉店去买了两个猪肝，三步并作两步跑回县衙禀告。知县见师爷买回的是猪肝，狠狠地把师爷训了一顿。

现实中还有许多商家不规范用字，如：卖饰品的把"大世界"改写成了"大饰界"；卖衣服的把"依依不舍"改写成了"衣衣不舍"……这样虽然会吸引顾客，但是严重地损害了中华文明的形象呢！

凌波仙子——水仙赞

朱佳怡

它虽没有牡丹的娇贵，没有太阳花的红艳，没有菊花的千姿百态，也没有桂花的娇小可爱，但它却亭亭玉立，冰清玉洁，还以"凌波仙子"的雅号著称。我和妈妈也对它——水仙情有独钟。

春节前夕，我和妈妈路过花店，被里面的水仙球迷住了。它的根须才一点点，根上刚冒出小小的绿芽，显得生机勃勃。妈妈精心挑选了一个十分饱满的，让我好好照顾它。回到家，我把它放在一个平底盘子里，加上水，端端正正地放在桌子上，给本来装饰不多的家增添了几分生机。我每天按妈妈的嘱咐：坚持换水。过了几天，我发现小芽长高了，于是改成两天换一次水，接着是3天换一次水。天气越来越冷了，我问妈妈，要给水仙找床"被子"吗？妈妈说："适当保暖，对水仙球生长也是有利的。"可找什么做"被子"呢？正在我思考的时候，不经意间我把冰冷的手插进口袋里想暖和一下，这时感到有什么东西在口袋里，拿出来一看，是一张纸巾。这时，我灵机一动，顿时有了主意，我把纸巾盖在水仙球的球状物上，这不就是它的"被子"吗，既保暖又保湿。

一天，我去换水，发现水仙球已经长出花苞了，于是我高兴地跑去告诉妈妈。这时妈妈告诉我，现在只要给水仙球一周换一次水就可以了，另外还要多给它晒太阳，不然茎叶会又细又长，容易折断，多晒了太阳，它的叶子就会又粗又厚实，开出来的花也会更香。

水仙，你是那么朴实无华，难怪无数的诗人赞美你，连清代的康熙皇帝也作诗赞美你！我多么希望水仙花能早点开呀。

因梦想而喝彩

崔宏哲

"我想知道一块有了梦想的石头能走多远。"

给你一块石头，你能干什么？他，一个普普通通的邮差，把梦想注入这块石头，铸成了一座座城堡。

梦想绝不是梦，两者之间的差别通常都有一段非常值得人们深思的距离。因为梦想是可以创造人生行动的目标。

威廉·江恩有了梦想，创造了股票的"破浪理论"，成为整个行业尽人皆知的人；安徒生是我们众所周知的童话家，从我们咿呀学语的时候就开始听他的童话，可谁知道他的背后是从梦想走向现在；哥伦布探索海洋，因为他的心中有个梦想——航海。是什么让蚌贝孕育珍珠，实现了一粒沙石的梦想——坚强。

成功需要梦想，梦想需要坚持，这是一条最原始也是最简单的道理。

人生不能没有梦想。从一定意义上说，成功总是建立在梦想的基础之上。梦想也是激发生命激情的催化剂。有了梦想，生命就会充满活力，产生出钢铁般的意志。

还有，一个人仅有梦想是不行的，有了梦想，还得不失时机地抓住梦想中那片刻的永恒，深藏心中，然后开始梦的旅程，用坚强的毅力和坚定的决心，用锲而不舍的努力，把梦想实现。

莱特兄弟小的时候就怀有一个飞天的梦想，他们的父亲说过："我现在老了，所以飞不起来了，但你们如果拥有毅力的话一定能带你们的梦一起起飞。"随后，莱特兄弟无论生活多么艰苦，总放不下他们的梦想，经过30年的奋斗，终于在一个美丽的黎明闻名世界。

诗人说：梦想如春风般来去无踪。

哲人说：梦想是主观世界对客观世界的希冀。

科学家说：梦想是激发他们从事研究与创造的热情。

少年说：梦想是把风筝放飞蓝天的翱翔，是为太阳穿上风衣的温存，是在海底建造宫殿的大气。

我只是想说：每个人都有梦想，或许有的人梦想荒诞，有的人梦想乖张。但总是有期盼的，总是有人性的，总是有价值的。

播种梦想，辛勤栽培，收获成功。

带着梦想出发

张铃煜

只有一条路不能选择，那就是放弃之路，只有一条路不能拒绝，那就是梦想之路。

——题记

谁都有梦想，阳光梦想着普照万物生长，花儿梦想着芬芳满山，苍鹰梦想着飞越万水千山，小草梦想着享受春雨灌溉，而麦穗，或许梦想着清风的吹拂。

梦想是一盏明灯，照亮了我们的生活；梦想是一方罗盘，给迷路的我们指明方向；梦想是一帖良药，为我们治愈心中的创伤；梦想是一只白鸽，牵引着我们飞向希望的天堂。

在平常的学习生活中，我们也需要梦想，因为，有了梦想，我们就有去拼去闯的动力；有了梦想，我们才会拥有无穷的力量，有了梦想，我们就会拥有战胜困难的信心和决心，才会赢得胜利。若没有穿上"曼联"7号队服的梦想，怎么才会有风靡世界的贝克汉姆；若没有奥运健儿为国争光的梦想，中国2008年奥运会怎么会有这么多金牌；若没有重建家园的梦想，又怎么会有拭去泪水坚强挺立的汶川……

虽然有时我们也会被风浪击败，但是因为我们已经带着梦想出发了，因为我坚信，梦想是成功的希望。

人生的道路难以一帆风顺，也固然布满荆棘，但只要有梦想，你就会看到曙光，看到希望。即使前方的风浪再大，也会执着地前行，无怨无悔。

在这个缤纷的生活中，请面带微笑，梦想对于我们不仅仅是两个死板的文字及那生硬的解释义，它更是我们精神的领航者。带着梦想上路，应该是幸福的吧。背包里满满的，承载着梦想，装的都是力量。

第五部分 撷半片香柚

把梦想寄予希望，给梦想插上翅膀，带着梦想出发，你将体会到小鸟的歌唱，太阳的温暖，白云的舒畅。精彩的人生源于有了美丽的梦想，生命也正因有了梦想才充满了芳香。

追逐梦想

朱安妮

  小时候我们怀揣着许许多多大大小小的梦想，可是大人们却说它们离我们太遥远。在我们稚嫩的心灵里，一直奢望着，梦想的奇迹在自己身上上演，其实梦想的实现是源于我们敢于与命运斗争到底的精神。

  贝多芬，一个和音乐息息相关的人，为了他的音乐之梦，他承受了命运给予的危难。罗曼·罗兰说："贝多芬的一生，有如暴风雨的一天。"的确，他从小就出生在一个贫苦的家庭里，少年丧母，照顾酗酒的父亲，26岁又患上了耳疾，他曾经在死亡面前几度彷徨，但为了音乐梦想，他勇敢地与命运搏斗。他不像莫扎特、舒伯特那样是天才，他是勤奋的伟人。在他完成《第九交响曲》之前的五六年，病魔一直纠缠着他，他忍痛继续创作。可以说他一直在痛苦中寻求快乐。

  《第九交响曲》在维也纳举行了首演，担当副指挥的他优雅地在空中画着弧，虽然他听不见乐队和合唱，但是从观众们欣然的表情中，他看到了人们对《第九交响曲》的狂热。当最后一个音符悄悄落下，台下响起了暴风雨般的掌声。《第九交响曲》受到了观众们的尊重。他终于把命运的咽喉扼住了，他胜利了。

  追逐梦想靠的是那份坚毅，靠的是那份斗争精神，即使命运让我们走向低谷，我们也要勇敢无畏地向高处爬。追逐梦想的过程是艰难的，同时也是快乐的，艰苦的是遭遇，快乐的是身心。追逐梦想给绝望的人以动力，给充满希望的人以目标。所以梦想就在远方。

  只有有梦想的人才会活得充实快乐，只有有梦想的人才能从痛苦中得到快乐，追逐远方的梦想，让我们主宰自己的命运。

青少年八国峰会

郭镜淇

亲爱的同学们，大家好。我是中国代表。下面我将就有关气候变化和优质教育提出一些我自己的见解和看法。

首先，关于全球性气候变暖的问题。我们已经了解到是由于人类排放的一些气体，如二氧化碳、甲烷、氯氟烃等具有吸收红外线辐射的功能，这些气体被人们称为"温室气体"，它们在大气中大量存在着，如同一个罩子，把地面上散发的热量阻挡回去。就像"暖房"一样，造成地表温度的上升，科学家把这种现象称为"温室效应"。有一种说法：认为"温室效应"是造成全球性气候变暖的主要原因。

科学家们考察了近一百年来二氧化碳的排放量，发现二氧化碳排放量的增加与气温上升相关。认为控制温室气体的排放，可能会控制全球气候变暖，防止生态平衡被破坏、农业变异、冰川融化等灾害发生。其主要原因是现代工业大量燃煤、炭和石油。次要原因是因为大量砍伐森林和因施工使地球植被骤减。所以我们作为学生应该多保护花草树木，做一些力所能及的事情。这样我们的明天才将会是美好、光明、快乐的。

保护环境，人人有责。但是我们更应该提高的是我们自身的修养，使我们成为一个有文明，有礼貌的优秀学生。

为了能使我们提高自身修养，那我们就要实行优质教育。

在这方面我们应该效仿美国，鼓励学生每天写日记，留一些去图书馆看书的时间或帮助家长做一些力所能及的事情。借此让同学们感受父母的艰辛及劳累，让同学们从劳动上来细心品味父母对我们那比山高，比海深，能胜过世间一切的恩情。同时也借此来提高大家对人生的认识。

我认为我们应该大力支持学生学习一些如音乐、棋艺、舞蹈之类的文化。让大家在音乐中感受生命的旋律，在棋艺中感受生命的莫测，在舞蹈中感受生命的振动。这样不仅有利于人类文化的发展，还可以在文化中感受古往今来许多著名艺术家对人生的体验，更有利于激发我们突破自身的极限，向限度挑战的精神。从而使我们拥有坚忍不拔，积极向上的精神。让我们用音乐来演绎一段我们自身的文化历程，用棋局来谱写一场生命之旅，用舞蹈来舞动一种震撼人心的步伐。这些文化有利于陶冶我们的情操，这些情操将会丰富我们的人生，使我们提高自身素质和人生修养。

提高人口素质是迈向发达国家至关重要的一步。同时也是一个慢过程，需要不断地积累。我们是祖国的花朵，是祖国未来的希望，所以我们应该提高我们的品质、修养和素质。这样我们的明天才将会是美好、和谐、安定的生活。

在此我由衷地祝福大家能够找到自己的潜在能力，也希望各位同学们能够和平相处，共同创造一个美好、和谐的社会。那样我们的明天将会是一片光明！

自　由

刘师如

　　一片雪白的羽毛一直认为自己很自由，因为，它是天鹅身上的羽毛，想飞到哪就飞到哪，可以在天空中悠闲地遨游。

　　一天，它刚从天空中游玩儿回来，兴奋一天的它心想：我多自由啊！想到哪玩儿就到哪玩儿，恐怕神州365号也没我这么逍遥自在吧？想到这儿，突然传了"丁零零"的门铃声，开门一看，原来是麻雀的羽毛，它不大高兴，因为，自己是高贵的人物，怎能与"普通羽毛"站在一起，多有失身份啊！麻雀毛也真不识大体，一进门就大声嚷嚷："我可怎么办呀？我交朋友就是要它给我爱的，可是，它却误会了，我可怎么……"

　　"别吵了！叽叽喳喳真烦人！你不会安静一会儿吗？至于你刚才说的呀，爱怎么办怎么办，与我何干？再说……"天鹅毛仔仔细细打量了一下麻雀毛，"瞧瞧你身上黑黄黑黄的，多俗气，丑不拉叽的，难看死了，快走快走！"

　　麻雀毛可火了："你以为自己真自由啊？说白了，离开了天鹅，你什么都不是，还骄傲呢！呸！"说完它气呼呼地走了。天鹅毛不信，真的离开了天鹅，想飞，飞不动，想走，走不了，想站都没力气！"我可怎么办呢？"它着急了，想找人分担痛苦，可是，由于自己平日里的骄傲自大，谁又能当它的好朋友呢？

　　月光下，它只能一遍又一遍地回味自己以前的神气。

寻梦的孩子

胡媛媛

　　童年是个谜，混沌初开，稚嫩好奇；童年是幅画，色彩绚丽，烂漫天真；我说童年是个梦，我们幻想，我们憧憬，我们一同把梦追寻。

　　有这样一个故事：海边，一群孩子在捡贝壳，他们挑着捡着放进竹篮。离他们不远处，还有一个小孩，他挑着捡着，然后再扔掉，他在寻找心中最美的贝壳。傍晚，那群孩子捡了满满一篮子贝壳回家了，而那个孩子的篮子仍然空着……

　　读过这则故事，有些人可能认为：这个小孩太过挑剔，挑挑拣拣，总不满意。以至于没有把握好时机，直到傍晚也没有找到心仪的贝壳。而我却认为，这是一个认真执着的孩子。

　　同样，海岸边也有许多孩子在拾贝壳，可我想：满满一篮中没有几个能使他们称心如意，他们只把贝壳当作玩物，而没有用心挑选，认真对待。而那个小孩却不同，他一直在勾画着心中的贝壳。它可能不是最引人注意的，可能不是最光彩夺目的，可它无疑是小孩心中最美的。然而，想在这茫茫大海边寻找心中的贝壳，就等于海底捞针，谈何容易！可他没有放弃，他的每一步都是那么坚定不移。我想，他一定会对自己说：只要自己坚持不懈，只要还有一丝希望都要尽力追求！这就是执着的最好体现！

　　这也是我们的童年，可爱的孩子既有天真顽皮的一面，也有认真执着的一面，就像海边拾贝的孩子，为寻找心中的贝壳不懈努力着！与其说是在寻贝壳，不如说是在寻梦。梦在每个人心中都是如诗如画的。是我们所幻想的，所憧憬的。孩子正是把贝壳当作心中这最美的——梦，从而不懈地寻找和追求。他所付出的一切，不都是在寻梦吗？我想这也是一个如梦般的孩子。

　　与海边拾贝相比，我们的人生何尝不是如此？我们也在寻梦啊，这个

梦，对于我们来说是人生的目标，是远大的理想啊！细细数来，古今中外有许多具有远大理想的楷模：如伟大的革命先驱者孙中山先生，为实现中华民族的复兴梦，做出了突出贡献；共产主义战士雷锋，为实现远大理想，把有限的生命投入到无限的为人民服务之中去；身残志坚的张海迪，在坚强的意志下，"战胜"了病魔，完成了梦想，被选为残联主席……这一切的一切告诉我们，梦是需要每个人不懈追求的。而在实际生活中，有多少人像一群孩童，手捧一篮梦却不知哪个是自己真正所求，又有几个人能像这个孩子一样执着地寻梦？朋友们，如果你正为寻梦迷茫的话，不如学习一下拾贝的孩子：傍晚的天空投下深蓝色的暗影，海风吹得他瑟瑟发抖，可他没有放弃，也没有离去。因为他心中有梦，他正在寻梦……

　　我又看见，在那美丽的海滩，孩子们随着阵阵涌起的浪花追赶大海，踏过串串金色的脚印捕捉鱼儿。还有他们，她们，也正伴随着海燕的歌声寻找着属于自己的梦……

花的启示

李林仪

假日是一张纸，人们可以随便在上面画出五彩斑斓的风景。可是，我不想画风景，我只想在纸上画一朵迎春花与一个破烂不堪的盆子。为什么我会这样做呢？因为我得到了花的启示。

我家住在3楼，我家的楼下有一个公共阳台。不知什么时候，有人在那儿摆上了几个花盆。这几个花盆都很好看，种着杜鹃花，这些花儿红的似火，黄的似金，白的如雪，紫的似锦，令人看了赏心悦目。可有一个花盆却破破烂烂的，没有长出花来，我心想：一定因为这个花盆里种的是劣质种子，要是多一株花儿，那多好啊！不过，这件事很快就被我遗忘了。

不知不觉，到了五一节，我百般无聊，就溜下楼去看花，没想到，那个破花盆里长出了一丛迎春花。这丛迎春花开得十分美丽，淡黄的花朵典雅、庄重，洋溢出无限的生机。黄色的花儿点缀在碧叶中，在阳光的照耀下闪烁着金色的光芒，宛如点点繁星。它的花瓣如同一道金黄的瀑布飞落而下，无拘无束，朴实美丽。我再看看花盆，依然还是那样破旧。可是，那丛迎春花开得那样娇美、亭亭玉立，胜过了所有杜鹃花。她仿佛是春天的公主，主宰着春天的故事。

我不再向往国色天香的牡丹，我也不再迷恋娇艳欲滴的玫瑰，我喜爱上了那不屈向上的迎春花。她生长在陈旧破烂的花盆中，但她没有屈服，依然在困境中拼搏，最后为自己开辟了一片新的天地。是的，人也是这样，即使你的四肢不健全，只要你热爱生活，坚持不懈，命运也会为你打开一扇门，你有什么理由不创造一个属于你自己的明天呢？

最爱是秋叶

曹奕扬

那百花齐放的春，我不爱它，它太娇艳；那骄阳似火的夏，我不依恋它，它太泼辣；那银装素裹的冬，我也不喜欢它，它太冷漠。唯独那浪漫的秋，那落叶纷纷的秋，才是我的至爱。

我漫步在公园里，哇！香气扑鼻！迎面而来的是那几棵直插云霄的大树，"沙沙，沙沙"，什么声音那么清脆，哦！原来是那些颜色深浅不一的秋叶随着风儿在翩翩起舞呢！有的叶子乘着秋风落到了地上；有的叶子正依依不舍地告别树妈妈准备去大地旅游；有的紧紧拉着树妈妈的大衣，不敢下去，它们就像一只只可爱的小铃铛一样摇摇摆摆……

最吸引我的是对面的那些像小扇子一样的银杏叶，我轻轻地把它捧了起来，上面密密地布满了叶脉，叶柄像一只小辫子似的拖在身后，叶面一半绿一半黄，颜色说它浅，不是！说它淡，也不是！秋姑娘真的是一位画家，调得真到位！

突然，一片香香的叶子调皮地落在我的肩上，随后，又蹦到了我脚上，我把这片树叶捡了起来，把它放在鼻子下细细地闻了闻，这么香，肯定是香樟树叶！我仔细观察起来，这片香樟树叶只有我的半个巴掌大，主杆由粗到细，主杆旁有纵横交错的茎脉，像人的血管一样，反面是翠绿色的，茎脉却没有正面的明显。我摸了摸旁边的边缘，呵，这香樟树叶的边缘呈一条圆弧线，非常光滑！那它为什么这么"年轻"就凋落呢？我看了看周围，哦，或许这片香樟树叶望见兄弟们纷纷落下，忍不住树枝上的寂寞，才偷偷溜下枝梢吧！我猜想着。

远处那火红火红的是什么？走近一看，哦！原来是枫叶。它该是秋永恒的主题吧！看它裹着火红色的外套，就像一位美轮美奂的骄傲女王，虽娇小无比，却霸气十足！摘一片在眼前，那熊熊燃烧的火炬让我心里激情四溢。我把枫叶朝着太阳，举过头顶，啊！如同殷红的鲜血流遍它的全身。成片成片的枫叶林，远远望去，好似一大片一大片的火焰在燃烧。

品"夜"

杨　懿

夜，如画。没有一丝杂色，唯有那高雅的黑，星星点点的黄——那是星星月亮。黑夜就是这么单调，正如此时我的脑海一样。

夜，如诗。诗中的韵味在黑夜中展现开来，皎洁的明月、顽皮的星星、婆娑的树影、微波粼粼的溪流、习习的清风……它们似乎与夜融为一体了——夜请来云朵帮忙，一转眼工夫，明月、星星在夜中渐渐模糊，树影、波光在夜中渐渐淡了下来，一切都朦胧了，亦真似幻。我望着眼前的夜，眼中寂寞的光芒淡了下来。啊，面对夜朦胧之美，我无言。

夜，如水。水静，夜也静。没有一线杂音，连蛐蛐儿那微微的鸣叫都能听得清；荷叶上那晶莹的雨露，在空中划过一条完美的弧线，"扑通"一声落入水中；一阵夜风拂过，树叶随风摇曳，"沙啦啦，沙啦啦……"啊，一个无声却又有声的夜，我神往。

夜，如友。它最了解我。学习一整天，夜知道我累了，派清风为我拂去一天的尘土，派星星逗我开心，派月亮陪我入睡——夜，我的知己。

夜，总是这样耐人寻味、难以捉摸，品味夜，使我忘掉了寂寞、烦恼，留给我的，是美好和静谧。

清晨，当第一缕阳光射进我的房间里时，夜早已没了踪影，但当夜幕降临的时候，夜就会如约而来。然而，夜每一次都会带给我不同的惊喜。

绿色多美

张博之

当春天来到时，绿油油的小草从泥土里钻出一个个"小脑袋"，好像给大地铺上了绿色的地毯；当夏天来到时，树枝上茂盛的绿叶重重叠叠、生机勃勃，好像给夏天披上了一身绿叶。虽然这些绿色很好看，也能给小朋友带来快乐，可在我眼里，爸爸绿色的军装才是最美的。

我的爸爸是石家庄市陆军指挥学院的一名教官，他身穿绿色军装，头戴一顶军帽，笔直的腰杆总是那么威武。他是一名优秀教员，讲起课来真是棒极了！

第一，他讲课哲理性强。爸爸为了培养国防军事人才，他经常在晚上睡觉前读一个小时的《三国演义》和《孙子兵法》等书，上课时就把书中的战术知识、历史知识讲给学员听。

第二，他讲课幽默风趣。他喜欢听相声，在快上课时他总是说上一两句，把学员的学习热情激发出来，使学员爱听他讲课，有时他还自己编一些笑话来活跃课堂气氛。比如，他上空军课时，讲到空中射击，爸爸是这样讲的："某年某月某日，有一个飞行员在空中飞行时，看到对方的一架飞机飞过来，这个飞行员就把装在口袋里的手枪拿出来，'啪'的打了一枪，这就是第一次空中射击。"当我在家听爸爸讲完后都要笑掉大牙了！

我爸爸他们这些军人保卫着祖国！绿色的军装，绿色的墙。每当我看到爸爸的绿色军装时，心里就油然而生一种敬意：绿色多美，爸爸真帅！

175

猜疑的自白

胡钊星

我是友情和亲情的杀手。因为我，有许多好朋友反目成仇；因为我，有许多幸福的家庭变得支离破碎。你一旦被我缠身，就会失去幸福。

古往今来，我光顾过的人数不胜数。我记得其中有一个天才将我的能力发挥到了极致，他的名字叫朱元璋。他虽然高高在上，可是整天猜疑别人对他不忠，担心有人会造他的反。在我的作用下，他鬼使神差地杀害了无数人的生命。这是我最引以为豪的杰作。

人们都说亲情是最伟大的，但我却不信，我不相信有我扼杀不了的情感。于是，我摧毁了许多原本幸福的家庭。有的母亲因为胡乱猜疑孩子上网吧，而痛骂自己的孩子，结果造成孩子离家出走；有的夫妻，因猜疑对方已经变心，而闹离婚……这人世间伟大的情感在我的面前也显得如此不堪一击。

再说一个身边的事吧。一对好朋友去打乒乓球。其中一个说："我上一下厕所。"于是向公共厕所走去，由于拉肚子，那个好朋友去了很久也没有出来。另一个好朋友等急了，猜疑到：他会不会故意躲着我，一直不出来呀？算了，不等他了。于是，快步回家了。上厕所的那位出来以后，没看到人，非常生气，想了一会儿，决定和那个好朋友恩断义绝。一份纯真的友谊就这样断送在我的手中。

所以，我是快乐的终结者，我是痛苦的源泉。我被人们称作"猜疑"，要离开我只需要多一点信任，少一份胡思乱想。

风筝何时会落下

刘霖达

　　漫画，一种用线条勾勒出的图案，看起来再简单不过，却有着非凡的意义。有的漫画可以批评当今社会的种种陋习，有的可以弘扬文明的精神，而有的，在这简单的线条中，却描绘出了我们这些21世纪孩子们的心声。

　　我有一幅名叫"蜻蜓点水"的漫画，刚看到它时，我似乎突然发现了一个真正理解我们少年儿童的人，深有"同命相怜"的感受。画面上，一对年轻父母，正拉着一根风筝线在放风筝。可是，在风筝线的另一头，竟然是他们的女儿。女孩满脸无奈，一副愁眉苦脸的样子，任凭扯着风筝线的父母机器般地操纵着，仿佛已经麻木了。而那边的父母却还满怀信心地扯着风筝线，把小女孩带到一个又一个的课后班、辅导班，让她学个不停……

　　在现实生活中，我们也如漫画中的小女孩一样，每天放学都有课后班，上了一天的课却还要上辅导班，好不容易盼来了双休日，父母更要抓紧时间"培训"。每天要面对各种各样的学习班：美术、书法、写作、舞蹈、音乐……我们是多么渴望放松呀！我经常呆呆地望着窗外幻想：我躺在柔软、翠绿的草坪上，太阳温暖地照耀着，清新的空气中飘过阵阵花草的芳香，在蓝天与白云的呵护下，进入甜美的梦想……可这一切却只是幻想。大人们都说我们现在很幸福，要什么有什么，可我们更需要的是自由与天真烂漫的童年，而不是每天放学后，辅导班教室里坐着孩子、外面围着密密麻麻的家长！

　　可怜可怜现在的我们，家长手中的这根风筝线何时会落下？而你们的目标，又在何方？

木茶几的哭诉

叶子萌

　　我，是一张茶几，正在一个大客厅里打盹呢。

　　梦中，我回到了以前的家园：一片茂密的原始森林，花儿在阳光下绽放，鸟儿在树枝上歌唱。忽然有一天，人类来到这里，巨大的原始森林从地图上永远消失，剩下是大片的荒漠，电锯声在上空回响……

　　我一下惊醒了过来。这时，小主人跑了进来，手上拿着一团稀泥和一把小刀。小主人毫无情义地把这团稀泥摔在了我身上，把小刀也深深地插了进去……我的身上留下了不可磨灭的伤痛，我几乎马上疼晕过去……剧烈的疼痛使我想起在制造车间时的情景——电锯的声音令人恐惧，铁锤不断击打的声音令我们毛骨悚然，我被送到了运输带上，轰鸣的电锯把我一下子割成了碎块，一块、两块、三块……我被工人们切成了不同的形状，并把我的脚安在脑袋上，脑袋安在脚上，拼成了一个怪物——人类叫"茶几"的东西……

　　"咚——"女主人提着大包小包冲了进来，连高跟鞋也不脱就进入了厨房……巨大的油烟笼罩了整个房间，令人喘不过一丝气来。过了一会儿，油烟散了，女主人端着菜走了出来，往我身上一放，"啊——"油溅了我一身，更烫起了一个个大泡……

　　夜，悄悄来临了，我在这无比宁静的夜晚哭了，哭人类的无情，哭倒下的森林。人类啊，你们为什么破坏我们生活的环境，难道，你们一定要这样的无情吗？人类呀，保护环境吧，只有这样，地球的明天才能更好！

我在长大

冯 淑

人总是在不停地成长着，不是吗？

就拿我来说吧！小时候我是个既害羞又胆小的女孩，每当有客人来我家，我总是躲在自己的小房间里，不敢与客人说话。为此，妈妈没少骂我，而且在外人眼里，我还是一个不懂礼貌的孩子。在学校，我不是一个人静静地看书，就是呆呆地坐在自己的座位上，幻想着一些稀奇古怪的事情。

上课的时候，我更不敢举手回答问题。记得有一次语文课上，老师提问后，好久都没有一个同学举手，老师有些生气了。这时候我感觉自己能准确地回答出来。我鼓起勇气，怯怯地举起小手……可站起身后，腿不停地发抖，脸也一直红到耳根，支吾了好半天也没说出个名堂。最后，老师让我把答案写下来，才解了围。老师对我的解题方法，大加赞赏。看到同学们羡慕的目光，我胆怯的心里充满了自信和力量，一股自豪之情也油然而生。从此，我逐渐变得勇敢了！

自从踏进5年级的门槛，我知道自己长大了。知道已不再是个小孩子了，我变了，开始和小伙伴们一起玩耍、做游戏了，还能为了一个问题与同学们进行辩论，就算"吵"得脸再红，也不会再觉得心跳加速了……

原来外面的世界好大，空气是那么新鲜，树绿了、花开了、春风拂面，一切都是那么美好。"长大的感觉真好！"我大声对着世界说。

现在每当再有客人来到我家，我总会热情地递上一杯热茶，再也不会躲在房间里了；在学校，我总是活蹦乱跳，上课回答问题也不会缩手缩脚了。

我在长大！

179

第五部分 撷半片香柚

明天的遐想

程墨池

夕阳的余晖泼洒在大地上，为地面镶上了一层金色。独自走在大堤上，听见风轻轻从耳旁掠过的声音，看树叶随风飘荡起舞。这无比美好的黄昏，是否会随时间的推移而改变？风，悄悄地，激起我思绪的涟漪。

也许在未来的某一天，我独自一人，于同样时刻的黄昏，漫步在地球的另一个角落，风依旧，树叶依旧，只是多了大片的薰衣草花海和被浪漫、温馨洒满的咖啡厅。

是的，我向往那个浪漫的国度。他有着悠久的历史文化，有着充满美丽与活力的普罗旺斯，还有令所有人都为之痴迷的埃菲尔铁塔。如果能亲历她的风采，我想我也就没什么遗憾可言了。

未来是一张空白的纸，得由我们自己用红、橙、黄、绿绘上色彩斑斓的图画。我的未来呢？或许如彩虹般灿烂，令人羡慕，或者只是平凡，听不到他人啧啧称赞的声音。话虽如此，但我还是要说出我的梦想——成为一个著名的翻译家，周游法国，甚至周游世界。

明天是多变的，是一个问号，未来的命运还得自己谱写。尽管我把明天描绘得近乎完美，可是不努力去奋斗，明天被憧憬得再美好，也只是阳光下闪亮的肥皂泡，瞬间便消失了踪影。

我在《我的哈佛日记》中写下了这样一段话："今天是礼物，这也是为什么我们把今天叫作礼物，也把礼物叫作今天。""今天"是上帝送给人类的礼物，"今天"充满了希望，"今天"闪耀着迷人的光芒。但"今天"同时也是短暂的，我得好好把握今天，做好该做的事、必须做的事，把"今天"的每一分、每一秒都视为金子一般珍惜，为美好的明天铺就一条宽阔的道路，也使我的今天不落下丝毫遗憾与愧疚。

晚风迎面吹来，好凉。掠过发际，飘向水面，拂起一圈圈波纹。我看着那优美的圆圈，似乎一跳一跳地向远处延伸，延伸。直到又回到河水的怀抱里。此刻的心情好复杂，我对明天充满了期待，却又多了几分恐惧。真想透过时光隧道，看看未来的一切，看看我脑海中所勾勒的美好明天。

昨天已变成历史，被尘封在布满灰尘的书架里；明天还蒙着一层面纱，让人猜不透。历史无论完美或者残缺都不可重写，但明天不一样，也许努力后，也许经历磨难后，明天的我们会成长，成长为参天大树，树上挂满了成功的累累硕果……

大胆去追逐吧！相信撒满了汗水的"明天"才会是与众不同的"明天"，尽力付出过的"明天"，才会被鲜花和掌声簇拥！